Zu diesem Buch

Françoise Sagans neuer Roman hat «wieder die untrügliche Leichtigkeit des Stils» («Der Spiegel»). «Die seidene Fessel» erzählt die «diskrete Verlogenheit der Bourgeoisie, ihr perfides Taktieren sowie die folgenschweren Mißverständnisse zwischen Eheleuten, die offenen Auseinandersetzungen aus dem Wege gehen. Das Finanzielle korrumpiert die Gefühle.» («Deutsches Allgemeines Sonntagsblatt»)

Françoise Sagan, geboren am 21. Juni 1935 in Cajarc (Lot.), studierte in Paris und schrieb mit achtzehn Jahren in nur drei Wochen ihren ersten, bis heute berühmtesten und sprichwörtlich gewordenen Roman «Bonjour Tristesse». Viel gelesen, auch in Deutschland, wurden u. a. ihre Romane «Ein gewisses Lächeln», «In einem Monat, in einem Jahr» und «Lieben Sie Brahms?». Außerdem schrieb sie Erzählungen, Theaterstücke, Drehbücher, ein Libretto, ihre Memoiren und eine Biographie über Sarah Bernhardt.

FRANÇOISE SAGAN

DIE SEIDENE FESSEL

ROMAN

Deutsch von
Asma El Moutei Semler

rororo

Rowohlt

Veröffentlicht im Rowohlt Taschenbuch Verlag GmbH,
Reinbek bei Hamburg, September 1992

Die Originalausgabe erschien 1989 unter dem Titel
«La Laisse» im Verlag Julliard, Paris
Umschlaggestaltung Nina Rothfos
Foto: Ahmadshah Ahmadi
Satz Sabon (Linotronic 500)
Gesamtherstellung Clausen & Bosse, Leck
Printed in Germany
990-ISBN 3 499 13155 2

Für Nicole Wisniak Grumbach

ERSTES KAPITEL

Leise schlich ich mich in unser dunkles Schlafzimmer. Es war ausgesprochen weiblich eingerichtet, überall mit indischen Tüchern behängt, und in der Luft hing wie üblich Laurences erlesenes und schweres Parfum, von dem ich für gewöhnlich Kopfschmerzen bekam, da wir bei geschlossenen Fenstern und Fensterläden schliefen, nachdem die Mutter meiner Frau diese, auf Grund von zwei oder drei in ihrer Jugend positiv verlaufenen Tuberkulosetests, dazu überredet hatte.

Doch heute hatte ich mich am offenen Badezimmerfenster fünf Minuten lang mit der herben und frischen ländlichen Luft des frühmorgendlichen Paris vollgesogen, und ich fühlte mich glänzend, als ich mich über meine schöne schlafende Laurence beugte. Um das klassisch geschnittene Gesicht drapiert, verliehen die langen schwarzen Haare ihr dieses gewisse Etwas einer romanischen Madonna, was mir gleich bei unserer ersten Begegnung aufgefallen war. Sie seufzte. Ich beugte mich ein wenig über sie und berührte mit meinen Lippen ihren Hals. Trotz ihres Schlankheitswahns hatte sie etwas Gefälliges an sich, sie war zu voller Blüte gereift mit ihrer rosigen Haut und ihren schwarzen Wimpern. Ich zog das Laken ein Stück weiter von ihrem Körper, aber sie schlug es sogleich über ihre Schultern hoch, als sei sie schockiert.

«Aber ich bitte dich! Nein! Immer diese seltsamen Einfälle... Schon frühmorgens! Also wirklich! Gib Ruhe!»

Sie hatte, wie viele Frauen, den Fehler, mit angewiderter Stimme zu sagen: «Du denkst auch nur an das *eine*!», wenn man ihr in der Lust zuvorkam, aber schmachtend zu jammern: «Liebst du mich denn nicht mehr?», wenn das Gegenteil der Fall war. Inbrünstig beim Liebesspiel – um mit den Klassikern zu sprechen – sprach Laurence nichtsdestotrotz über die Liebe, wie Huren niemals darüber sprechen würden, sondern nur die Frauen von Welt es tun, nämlich kindisch und derb. Außerdem, welche Frau spricht schon dezent von der Liebe? Die Männer sind darin allerdings auch nicht besser, soviel ich weiß.

«Ach ja», sagte ich, «wir sind böse aufeinander.»

«Ich bin nicht böse, ich bin traurig.»

«Traurig? Worüber denn? Was habe ich getan?» fragte ich resigniert, natürlich würde ich der Schuldige sein, und in der Tat, anscheinend hatte ich mich am Abend zuvor bei einem Diner auf zweideutige Weise mit der jungen Frau eines Bankiers unterhalten, obwohl ich mich erinnerte, Mühe gehabt zu haben, auch nur den geringsten Sinn in dieser Unterhaltung zu finden.

Es stellte sich vor allem heraus, daß dieser Bankiersgatte ein intimer Bekannter meines Schwiegervaters war, dieser widerlichen Person, mit der wir seit sieben Jahren zerstritten waren, seitdem er behauptet hatte, daß ich nichts sei als ein farbloser Lümmel und allein mit dem Ziel geheiratet hätte, sein einziges, unschuldiges und millionenschweres Kind auszunehmen. Da nicht schweigendes Mißtrauen, sondern lärmende Anschuldigungen seinem Stil entsprachen, war Laurence darüber furchtbar erschüttert. Daß man ihm überdies erzählte, ich begnüge mich nicht damit, seine Tochter zu ruinieren, sondern mache sie auch noch lächerlich, mißfiel Laurence so sehr, daß es sie nach sieben Jahren Schmach und väterlicher Entfremdung immer noch bedrückte.

Wir hatten uns zwei oder drei Jahre nach Beendigung meines Klavierstudiums am Konservatorium kennengelernt und sehr bald darauf geheiratet, trotz der Zweifel, die ihr Vater bezüglich meiner Karriere als Solist hegte. Und zu Zweifeln hätte er sieben Jahre später noch größeren (oder auch weniger) Anlaß haben können, wenn ich nicht zufällig den Auftrag bekommen hätte, die Musik zu einem Film zu schreiben, der ein echter Erfolg war – meine Musik aber wurde zu einem wahren Triumph. Sie wird noch immer von allen europäischen und inzwischen auch von allen amerikanischen Sängern und Orchestern interpretiert. Ich war im Begriff, zu Geld zu kommen, und ich war in der Lage, Laurence ein wenig von dem zurückzuzahlen, was ich ihr schuldete. Doch sie, die mit den Jahren meines Müßiggangs und Mißerfolgs glänzend zurechtgekommen war, schien seltsamerweise erschreckt über diesen phantastischen Glücksfall, sie äußerte darüber sogar solches Bedauern, daß ich es ihr übelnahm, wie wenig sie diese Chance und die Befriedigung, die ich daraus zog, mit mir teilte.

Der Erfolg dieses Liedes hatte immerhin ein solches Aufsehen erregt, daß man begann, sich um den Autor zu kümmern. Außer sich vor Entsetzen verschleppte mich Laurence umgehend an die Ostsee, um den «so ordinären Medien» zu entfliehen, wie sie voller Verachtung sagte. In meiner Abwesenheit hatten die sich auf den Regisseur und die Schauspieler gestürzt, und bei unserer Rückkehr nach Paris krähte bereits kein Hahn mehr nach mir. Aber es nützte nichts, Laurence kultivierte weiterhin ihre Wut, ihren Ärger und ihr Mißtrauen, als könne ich etwas dafür.

Auch wenn ich ihr ihre Aversionen gegen meinen Erfolg sehr verübelte, ich konnte sie doch verstehen. Laurence hatte einen berühmten Pianisten geheiratet – zumindest hatte sie gehofft, einen zu heiraten –, und ich war nun einmal keiner geworden (wobei sie mir das nie vorgehalten hat). Schließlich hatte sie keinen Unterhaltungsmusiker gewollt, ihre Familie für keinen Schlagerkomponisten verlassen, den Drohungen ihres Vaters, sie zu enterben, nicht getrotzt und auch die sieben Jahre nicht aufgewendet, um mich der leichten Muse wegen im Kreise ihrer versnobten, musikvernarrten Freunde als Ehemann und Musiker durchzusetzen, damit sie mich hämisch als Gigolo bezeichneten, zumal wir gleichaltrig waren, Laurence eine große Schönheit und Musik ihre Leidenschaft war.

Mit unserer Heirat jedenfalls hatte sie der Welt gezeigt, daß Kunst mehr wert war als Geld – in den Augen ihrer Familie eine absurde Einstellung (für die ich, wie ich hoffte, Beweise erbracht hatte, die für Laurence zwar unorthodox, aber, wie sie sagte, angenehm waren). In diesem versnobten, falschen und unmoralischen Milieu hatte sie um meine Akzeptanz kämpfen müssen, und da ihr dies gelungen war, folgte daraus fast zwangsläufig, daß mein Schwiegervater mich verachtete. Der Arme hatte sich schon damit abfinden müssen, daß seine Frau, Laurences Mutter, uns bei ihrem Tod ihr gesamtes Vermögen vermacht hatte (sie war die einzige sympathische Person in dieser Familie gewesen). Sie besaß sogar einen gewissen Reiz, und ich muß gestehen, wäre ihr Tod nicht eine gnadenreiche Fügung gewesen, hätte er mich sehr traurig gemacht. Nun, um auf die Gegenwart zurückzukommen, mir war klar, daß Laurence getröstet werden mußte.

«Liebling, ich betrüge dich nicht und du weißt es! Doch, doch», bekräftigte ich, «das weißt du! Ich bin hier aus freien Stücken, es ist *meine eigene* Entscheidung. Die Tatsache, daß du mich ernährst, mir ein Dach über dem Kopf gibst, für meine Kleidung, mein Taschengeld, meine Zigaretten, mein Auto, die Versicherungen sorgst...»

«Sei still!» schrie sie.

Laurence ertrug es nicht, wenn ihre Wohltaten aufgezählt wurden, genauer gesagt: Sie ertrug es nicht, wenn ich es war, der sie aufzählte; der Masochismus, den sie darin zu sehen glaubte, beunruhigte sie, als wäre ihre Großzügigkeit und der bloße Gedanke an die Armut, die sie mir ersparte, für mich nicht vielmehr ein weiterer Grund, sie zu lieben.

«Hör auf!» schrie sie und beugte sich vor. «Hör auf!» schrie sie noch einmal, schlang ihre Arme um meinen Hals und legte ihre Wange an die meine.

«Komm schon», sagte ich und wiegte sie, «komm schon. Schließlich hast du diese arme Frau doch selbst gesehen, nur Haut und Knochen, mit ihren strohigen Haaren und dieser Himmelfahrtsnase. Wo hast du deine Augen?»

«Vielleicht. Ja, doch...»

«Du wirst mir doch nicht einreden wollen, daß ich auf diese Art von Schönheit fliege, oder?» fragte ich sie und lachte selbst über diesen Unsinn.

«Schau doch mal in den Spiegel.»

Sie nickte und flüsterte nur: «Ja, sicher.» (Als läge in der Abwechslung nicht auch ein Reiz... Aber für die Frauen existiert nur die Logik ihres eigenen Glücks.) Einstweilen würde ich beim nächstenmal zu dieser Person zehn Meter Abstand halten.

Ich stand auf:

«Gut! Ich werde jetzt ‹Pas un sou› * plündern!» erklärte ich unvermittelt und lachte übertrieben laut

* Siehe Anmerkung S. 13

über diesen abgestandenen Witz, wobei ich hoffte, daß Laurence in dieses Lachen einstimmen und ich somit Zeit gewinnen würde, durch den Raum zur Tür zu gelangen, noch bevor ihr amüsierter Ausdruck in Vorwurf umschlagen und sich bei mir ein Gefühl der Schuld einstellen würde. Denn ich wußte, auch wenn sie es nie aussprach, daß Laurence meine Abwesenheit unerträglich war, wobei mir nicht klar war, ob es an ihren Nerven oder in ihrem Wesen lag. Jedenfalls schien mir dies nach sieben Jahren Ehe eine bemerkenswerte Reaktion zu sein, die ich auf das Pluskonto derselbigen verbuchte.

Es gelang mir, zur Haustür hinaus- und die Treppe hinunterzukommen und den Weg zu ‹Pas un sou› einzuschlagen. Dieser sogenannte ‹Pas un sou› war der Produzent der Plattenfirma, die mein Lied *Unterm Regen* produziert hatte und sich ‹Delta Blues Production› nannte. Trotz all der Amerikanismen und seiner häufigen Reisen nach New York verrieten sein eigentlicher Name ‹Palassous› * und seine taillierten Anzüge nebst zweifarbigen Schuhen seine provençalische Herkunft. Ferdinand Palassous hatte als Produzent einen grauenhaften Ruf. Er galt als skrupellos und geldgierig, aber man traute ihm zu, die Pferde in seinem Stall zu bezahlen, vorausgesetzt, sie brachten ihm Geld ein – was ich getan hatte – und setzten sich kräftig genug zur Wehr – was ich nun

* Anmerkung d. Übers.: ‹Pas un sou› = Habenichts; ‹Palassous›: So heißt der Produzent. Ein Wortspiel der Autorin, das auf dem Gleichklang der beiden Wörter beruht.

vorhatte, mit der Hilfe meines besten Freundes Coriolan Latelot.

Coriolan und ich waren gleich alt und teilten eine gemeinsame Vergangenheit: Wir sind im selben Jahr, in derselben Straße, im selben Viertel geboren. Wir sind auf dasselbe Gymnasium gegangen, haben unsere Militärzeit in derselben Kaserne absolviert, die Freundinnen miteinander geteilt, und bis zum Auftauchen von Laurence waren wir immer gleichermaßen pleite. Laurence und Coriolan waren einander vom ersten Tag an in einer Art spontaner Abneigung verbunden, womit ich mich abgefunden hätte, wenn sie sie nicht beharrlich bei jeder Gelegenheit aufs neue demonstrieren würden. Sie, indem sie ihm vorhielt, seine Flegelhaftigkeit sei nicht echt, er, indem er ihr die überzogene Attitüde einer höheren Tochter vorwarf, Gestichel, das mit der Zeit lästig wurde.

Coriolan und ich hatten uns vor dem *Lion de Belfort*, unserem Stammcafé und Hauptquartier, verabredet. Coriolan arbeitete in seiner Autowerkstatt am Ende der Rue Daguerre, und seine Buchmacherloge befand sich in entgegengesetzter Richtung in der Rue Froidevaux, zwei Minuten von unserer Wohnung entfernt.

Laurence und ich hatten uns aus dem Immobilienvermögen ihrer Mutter diese Wohnung im fünften Stock eines Altbaus mit Eigentumswohnungen am Boulevard Raspail ausgesucht, der unmittelbar hinter der Kreuzung Boulevard Montparnasse lag.

Damit waren es nicht nur kaum dreihundert Meter bis zu Coriolan, sondern auch bis zu dem Viertel, in dem ich aufgewachsen war (was ich Laurence sorgsam verheimlicht hatte). Hätte sie davon gewußt, hätte sie aus der Immobilienpalette ihrer Familie mit Sicherheit eine andere Wohnung gewählt, weiter weg von diesem Quartier, in dem ich mich wie in meiner Westentasche auskannte. Am liebsten hätte sie mich restlos abgenabelt und mir nicht nur ein neues Leben, eine neue Liebe und ungekannten Komfort geschenkt, sondern auch ein neues Arrondissement. Die Entführung ihres Musikus war ihr aber nicht so gründlich gelungen, wie sie es gewünscht hätte, und die wenigen Anläufe, die sie unternommen hatte, um wegzuziehen, waren bei mir auf Granit gestoßen. Selbstverständlich hätte ich es niemals gewagt, mich ihren Entscheidungen zu widersetzen oder ihr Glück zu trüben, das auch das meine war, immerhin hielt alles in mir mich davon ab, ihr in die Quere zu kommen. Aber jede Meinungsverschiedenheit zwischen uns in dieser Frage löste bei mir stets sozusagen weibliche Migräneanfälle aus, drückendes Schweigen, nicht enden wollende Niedergeschlagenheit, die sie schließlich davon abgebracht hatte, fortwährend auf mir herumzuhakken... mit anderen Worten, wir sind geblieben, wo wir waren, nämlich am Boulevard Raspail.

Ich zog nun los, um meinen Coriolan zu treffen; obgleich unser Treffpunkt gleich um die Ecke lag, nahm ich mein Auto, ein herrliches Coupé, das Laurence mir vor drei Jahren zum Geburtstag geschenkt hatte, ein schwarzes schönes Tier, das präzise und kraftvoll war, geschmeidig wie die Musik Ravels, und an diesem Morgen in den Strahlen einer noch unberechenbaren Sonne glänzte. Ich fuhr einen kleinen Umweg über den Boulevard Raspail, den Boulevard Montparnasse entlang, in die Avenue de l'Observatoire, um das Schnurren meines Wagens auszukosten, zumal die Straßen von Paris frei waren. Die Fußgänger, die es leid waren, ihre Regenmäntel immer wieder aus- und anziehen zu müssen, je nachdem, ob ein Wolkenbruch drohte oder es aufklarte, hatten sich endgültig verzogen, und die leergefegten Straßen flitzten naß glänzend und glatt wie riesige Robben unter der Motorhaube meines Wagens hindurch. Das Licht vibrierte, und ich hatte den Eindruck, im Inneren einer Blase aus Sonne und Regen, aus Luft und Flüssigkeit, aus Wolken und Wind mühelos und lautlos dahinzugleiten – es war eine dieser verzaubernden, für Meteorologen unbeschreibbaren Erscheinungen, die uns zuweilen die Launenhaftigkeit des Himmels zufällig beschert. Dafür hatte sich der Sturm in der vergangenen Nacht keine Gedanken über das Schicksal der Blätter gemacht, die er in einem Anfall von Raserei von den Bäumen gefegt hatte, unbekümmert darum, ob sie noch jung oder bereits herbstlich verfärbt waren. Die Straßen waren von den Rändern bis zur weißen Mittellinie mit roten Blättern, aber auch mit harmlos grünen, unschuldigen Trieben übersät. Die Scheibenwischer, die ich automatisch eingeschaltet hatte, verteilten sie, mit den sich schlängelnden schmutzigen Schlieren vermischt, klumpenweise über die Scheibe. Während die eifrigen Instrumente sie in zwei Gruppen aufspalteten, noch bevor sie sie in die Gosse, ihren letzten Aufenthalt, beförderten, sah ich sie an, diese Blätter, sah sie am kalten Glas kleben und mich anflehen, ihnen, ich weiß nicht wie, zu helfen – was ich mit meinen abgebrühten Städteraugen nicht wahrnahm.

Diese sentimentale Anwandlung (bei jemandem, dem man Ausgeglichenheit nachsagte) sollte indessen nicht verwundern. Die Menschen haben von manchen Dingen keine Ahnung, und die Vorstellung, daß alles, was wir berühren und möglicherweise zerstören, empfindliche Nerven hat, daß alles, was ich für verletzbar und stumm – grauenhaft stumm – halte, leidet und in seinem Schmerz schreit, ja brüllt, macht mich zuweilen depressiv. Als Musiker weiß ich nur allzu genau, daß Hunde zum Beispiel weitaus besser hören als wir Menschen, daß unser Ohr nicht den hundertsten Teil der Töne zu empfangen vermag, und ich weiß auch, daß der ausgetüfteltste Synthesizer nicht in der Lage ist, das Geräusch von Gras, das zertreten wird, zu simulieren.

«Endlich!»

Der Wagenschlag wurde aufgerissen und Coriolans Kopf tauchte auf. Er hatte das Gesicht eines gekränkten stolzen Spaniers, obwohl es in diesem Moment recht fröhlich aussah. Eine gewisse Diskrepanz zwischen der äußeren Erscheinung und dem Naturell kann verwirrend sein, aber in Coriolans Fall war sie schlechterdings erschreckend. Dieser Mann war so sehr das Abbild eines edlen, von Schmach entehrten Spaniers, daß selbst seine besten Freunde ihn lieber traurig sahen, obwohl sie ihn innig liebten. Was die Frauen betraf, so ertrugen nur die wenigsten den Schock, an der Seite eines lustigen Spaßvogels aufzuwachen, nachdem sie sich einem vermeintlichen Don Quichotte hingegeben hatten. Das zwang Coriolan häufig, an Abenden, die er am liebsten vergnügt verbracht hätte, eine melancholische Miene aufzusetzen, ohne die er sich die Gunst seiner Begleiterin verscherzt hätte. Wenn er ernst blieb, beeindruckte und gefiel er so sehr, wie nur ein spanischer Edelmann gefallen und verführen konnte; wenn er fröhlich war, erregte er Befangenheit und Mißfallen, wie dies nur ein Heuchler erlebt, der sich für einen Aristokraten ausgibt. Dieses ungerechte Los hätte manch einen zermürbt. Nicht aber ihn, denn er war stolz, mutig und ehrgeizig, was an seinem Gesicht abzulesen war, auch wenn seine Ärmlichkeit die Leute dazu verleitete, seine Tugenden als Ahnungslosigkeit, Trotz und Arroganz abzuurteilen. Wie dem auch sei, er war mein Freund, mein bester Freund, und seit ich verheiratet war der einzige Freund, der mir geblieben war, zumal Laurence und ich in Sachen Freundschaft einen unterschiedlichen Geschmack hatten.

«Wo fahren wir hin?» fragte Coriolan, installierte seine langen Beine auf dem Vordersitz und strahlte mich wie jedesmal, wenn wir uns sahen, vergnügt an, was in mir ein starkes Gefühl von Dankbarkeit auslöste. Er war der treueste und aufmerksamste Mensch, den man sich nur wünschen konnte. Ich sah ihn flüchtig an: Der Zustand seiner Kleidung verriet seine katastrophalen Finanzen, aber nie hätte er auch nur einen Centime von Laurences Geld angenommen, und seit sieben Jahren besaß ich nichts als das.

«Ich muß diesem ‹Pas un sou› unbedingt Geld aus der Tasche ziehen», erklärte ich um so entschlossener. «Überall läuft *Unterm Regen*, er aber behauptet, die SACEM habe nicht bezahlt.»

«Dieser verdammte Gauner!» sagte Coriolan gelassen. «Man hört nichts anderes mehr! Jedesmal, wenn du, sagen wir, zehn Francs verdienst, verdient dieser Typ einen Franc fünfzig. Und das nur, weil er die Rechnung bekommt und die Abrechnung besorgt. Ist dir das klar? Und dann will er dich nicht auszahlen, das ist unerhört! Wie ist er so?»

«Nun ja, ich weiß nicht genau, er ist aus Nizza oder Toulon. Er hat einen guten Kopf, aber er will durchgehen als reinrassiger New Yorker. Du wirst sehen.»

«Ich werde ihn mir schon vorknöpfen», erklärte Coriolan händereibend.

Dann trällerte er lauthals ein Quartett von Schubert, das ihm seit einem Monat nicht mehr aus dem Kopf ging. Denn dieser Automechaniker und Buchmacher war zudem auf allen Gebieten der Musik eine Koryphäe, die von den wichtigsten europäischen Fachmagazinen konsultiert wurde und um deren Rat die weltweit anerkannten Interpreten anstanden. Coriolans musikalisches Gedächtnis, seine Bildung und sein Gespür auf allen Ebenen waren verblüffend, er aber weigerte sich, ich weiß nicht aus welcher romantischen oder nostalgischen Flause heraus, diese Fähigkeiten beruflich zu nutzen.

Coriolan unterbrach seinen Gesang und drehte sich zu mir um.

«Was ist mit deiner Frau? Gewöhnt sie sich langsam an deinen Erfolg?»

Er war über unsere Streitereien informiert, ich weiß nicht durch wen. Ich antwortete ein wenig irritiert und schroff:

«Ja und nein... du weißt doch, daß sie es lieber sähe, wenn ich ein großer Pianist geworden wäre...»

Coriolan lachte schallend.

«Also hör mal! Das kann sie doch nicht im Ernst glauben! Nicht einmal sie! Seit über drei Jahren übst du nicht mehr... Was treibst du eigentlich in deinem ominösen Studio? Liest du Kriminalromane? Im Moment könntest du nicht einmal Czerny spielen; so blöd kann sie doch nicht sein! Ein Solist? Du? Jetzt? Dafür muß man hart arbeiten, Alter, das weißt du doch!»

«Also, was denkst du, was sie von mir will? Und was sie von Anfang an von mir wollte?»

«Was sie von dir wollte? Was sie von dir will? Nichts, alter Freund, gar nichts. Oder doch, alles! Sie will, daß du da bist und nichts tust. Hast du das immer noch nicht begriffen? Sie will nur *dich*, Ende, Punkt! Das ist der einzige romantische Zug an diesem Vampir.»

In diesem Moment summte das Telefon, und Coriolan schien überwältigt: Das Telefon war der

Gegenstand, der ihn an diesem Auto am meisten faszinierte. Ich hob ab und hörte nichts: Es war keiner in der Leitung. Nur Laurence kannte meine Nummer, und grundlos hätte sie mich niemals gestört. Wieder einmal ein Fehler bei der Telefonvermittlung. Und schon waren wir am Büro meines Produzenten angelangt.

Palassous' Geschäftsräume waren die Karikatur gewisser Büros an den Champs-Élysées. Eine eher schäbige Treppe führte in den zweiten Stock zu einer schmuddeligen Tür mit einem Schild aus schwarzem Marmor, das die Aufschrift ‹Delta Blues› in silbernen Lettern trug.

«Warum denn ‹Delta Blues›? Warum statt dessen nicht ‹Nizza Kakerlake›?» spöttelte Coriolan und ging hinter mir über den zu dicken Spannteppich in der Eingangshalle. Eine Sekretärin vom Typ Filmsternchen setzte uns in Kenntnis, daß der Produzent ein Telefonat mit einem anderen Tycoon führe, was tatsächlich der Fall war, wie seine erregte Miene verriet. Als er uns sah, fühlte er sich verpflichtet, in gehetztem und nervösem Ton zu sprechen, ohne deswegen auch nur die geringsten Anstalten zu machen, sein Gespräch zu unterbrechen; und als er den Hörer auflegte, sah er auch keinen Anlaß, sich für seine Unhöflichkeit zu entschuldigen. Ich persönlich war dieses impertinente Benehmen von Geschäftsleuten gewohnt: Laurences Freunde waren alle in Stellungen, die es ihnen erlaubten, mein erzwungenes Drohnendasein zu verachten und mir das deutlich zu zeigen – auch wenn sie mich insgeheim darum beneideten. Doch von einem Palassous, den ich seit einiger Zeit – wie ich hörte – fürstlich ernährte, fand ich dieses Benehmen doch übertrieben.

«Wie geht es Ihrer reizenden Frau Gemahlin?» erkundigte er sich mit weltläufigem Gehabe – das heißt, so weltläufig wie es ihm möglich war.

«Es geht ihr gut, es geht ihr sehr gut. Kennen Sie Coriolan?»

«Ach, guten Tag Monsieur! Lieber Vincent, Sie sind mit einem spanischen Freund gekommen? Gehen Sie denn niemals ohne Begleitung aus?»

Er erdreistete sich auch noch, Witze zu machen! Ich wurde ärgerlich:

«Coriolan ist mein Impresario! Ich habe ihn aufgefordert mitzukommen, um sich mit Ihnen über Ihre Zahlungsrückstände zu unterhalten.»

«Also sehen wir, daß es vorangeht!» rief Coriolan mit einem satten Lachen, aber mein Blick ließ ihn verstummen.

‹Pas un sou› schien konsterniert.

«Impresario? Aber hören Sie, Sie wissen doch, daß dies ein Beruf ist... Lieber Freund, verzeihen Sie, wie war doch Ihr Name... Und in dieser Branche, in der wir uns alle kennen... Da braucht man Erfahrung, man muß auf alle Fälle zäh sein und Grips haben und...»

«Sehe ich so aus, als würde es mir an Grips fehlen?» entgegnete Coriolan, ganz der kastrierte Großinquisitor, worauf ich mich abwandte, vollkommen beruhigt, was die weiteren Perspektiven meiner Finanzen betraf.

Andererseits raufte ich mir im stillen die Haare: Was hatte ich bloß angerichtet? Es war zwar eine blendende Idee von mir, Coriolan als Impresario zu verpflichten, damit wäre auch sein Auskommen gesichert, aber was würde Laurence dazu sagen? Ich hatte mir den Mann zu meinem Agenten gemacht, den sie seit sieben Jahren der totalen Verantwortungslosigkeit zieh, was sie für einen absichtlichen Affront halten mußte und für einen weiteren Beweis, daß ich mich, wie immer, über ihr Urteil hinwegsetzte. Niemals würde sie mir glauben, daß ich aus einem spontanen Impuls heraus gehandelt hatte, aus Gedankenlosigkeit, aus Verärgerung über ‹Pas un sou› sowie aus Freundlichkeit Coriolan gegenüber. Niemals würde sie mir diese Zerstreutheit abnehmen. (Aber eigentlich sind alle Leute gleich: Vergeßlichkeit, ihre verdammten Ratschläge einfach vergessen zu haben, ist für sie nie ein ausreichender Grund, sie nicht zu befolgen.) Zwischen mich und die im Wind schwankenden Zweige der Kastanienbäume auf den Champs-Élysées vor dem Fenster schob sich auf einmal das empörte, schmerzliche Gesicht der armen Laurence. Ich wandte den Blick zu ‹Pas un sous›, der in seinem Sessel versunken Coriolans Worten mit geweiteten Augen lauschte.

«... Ich hatte einmal einen Kunden wie Sie am P. M. U. von Neuilly. Er wollte einfach seine Schulden nicht bezahlen. Ansonsten war er ganz nett, hatte ein herrliches Büro an der Avenue de l'Opéra und ein beachtliches Bankkonto. Er schuldete mir immerhin 500000 neue Francs. Ich sah mich also gezwungen, die Mühe auf mich zu nehmen, mich zu ihm in die Avenue de l'Opéra zu begeben, so wie ich Sie heute hier in den Champs-Élysées aufsuchen mußte. Dabei mag ich doch nur das vierzehnte Arrondissement. Sie werden auf der Stelle alles herausrücken, was Sie Vincent schulden. Anderenfalls...» (Und er beugte sich vor und sprach ganz leise.) Vergeblich spitzte ich die Ohren.

«Aber nicht doch...» stammelte ‹Pas un sou›, «seien Sie doch vernünftig, lieber Coriolan, kennen Sie denn die Rückstände bei der SACEM nicht?» sagte er laut.

Coriolan beugte sich wieder vor, wischte mit einer Handbewegung die SACEM vom Tisch und fuhr mit leiser Stimme in seiner Rede fort. ‹Pas un sous'› Einwände wurden von Mal zu Mal leiser, und nur noch flüsternd öffnete er seinen Schreibtisch und holte ein Bündel Papiere heraus. Coriolan warf mir einen triumphierenden Blick zu, und ich revanchierte mich mit einem begeisterten Lächeln. Was auch immer geschehen mochte, in solchen Augenblicken war man für die Qualitäten seiner Freunde am empfänglichsten.

Mit anderen Worten: Ich war begeistert, Coriolan war begeistert und, seltsam genug, ‹Pas un sou› schien erleichtert. Wir gingen zu dritt Mittag essen, begleitet von einer Rockgruppe und einer berühmten Sängerin, die ebenfalls Kunden von ‹Delta Blues› waren. Ich ließ Laurence telefonisch ausrichten, daß ich nicht zum Essen käme, zumal die Aufmunterung und die Argumente meiner beiden Schergen meine

Skrupel besiegt hatten. Sie hatten mir nicht damit gedroht, daß ich mich lächerlich mache, dieser Vorwurf prallte schon seit langem an mir ab, sondern daß ich kleinlich sei: Es sei an mir, dieses Mittagessen zu bezahlen, sagten sie entschlossen. Mit Coriolans Bestallung zum Impresario stand mir ohnehin ein solcher Ehekrach bevor, daß es auf zwei Stunden auch nicht mehr ankam. Ich bat die Garderobiere, mich bei Laurence zu entschuldigen, da ich wußte, daß sie mich, wenn ich es ihr selbst sagte, mit einer jener gnädigen Bemerkungen entlassen würde, die giftiger waren als jedes Schimpfwort. Und der Anblick von Coriolans fröhlich leuchtenden und erleichterten Augen versetzte mich in gute Laune, zu gute Laune, um auch nur den geringsten Schatten auf meinem Glück ertragen zu können. Auch ich konnte von Zeit zu Zeit egoistisch sein…

ZWEITES KAPITEL

Zwei Stunden später überließ ich einen erschrockenen, gleichwohl aber arroganten Coriolan seinen neuen Amtsgeschäften mit dem Buchhalter der ‹Delta Blues Production›, den er beharrlich als ‹Nizza Kakerlake› titulierte. Wer weiß, vielleicht machte seine Respektlosigkeit dem Geld gegenüber aus ihm einen wunderbaren Agenten für andere. Übrigens hatte ich auch nicht vor, Laurence seine neue Funktion gleich nach meiner Rückkehr mitzuteilen; ich wollte lieber auf den wunderbaren Scheck warten, der unseren Geldbeutel füllen würde.

Es war ungefähr vier Uhr, als ich behutsam unsere Wohnungstür aufstieß. Ich wurde von einer Woge wunderbarer Klänge empfangen und davongetragen: Schumanns Klavierkonzert, das aus Laurences Zimmer erklang, als wolle sie mich damit herausfordern. Einen Augenblick lang überlegte ich, mich in mein Studio zu verziehen, das mir für mein Geklimper zugewiesen worden war und am anderen Ende der Wohnung lag, welches ich aber nur über unser

Schlafzimmer oder an Odile, meiner Sekretärin, vorbei erreichte.

Odile war eine Schulfreundin meiner Frau und eine ihrer zahlreichen Bewunderinnen. Ihr hatte Laurence meine Korrespondenz und die Telefonate anvertraut, die seit meiner plötzlichen Prominenz zugenommen hatten. Diese Odile war ein gutes Kind, kräftig gebaut, mit einem breiten Gesicht, eine jener Frauen, deren Entwicklung in einem undankbaren Alter stehenbleibt und die in einer Mischung aus Hoffnung und Tolpatschigkeit ein Leben lang zunächst die Rolle des jungen Mädchens spielen, dann die der jungen Frau, dann die der Frau auf dem Höhepunkt ihrer Blüte, und so weiter, ohne daß es ihr jemals gelänge, sich selbst oder die anderen von der Echtheit ihrer Rolle zu überzeugen. Odile kam früh und ging spät, beantwortete für mich die eher magere Post, die in der Regel aus Bitten um finanzielle Unterstützung bestand.

Es war die Post, die bei einem Schlagerkomponisten zu erwarten war, wie Laurence zu sagen pflegte. Es versteht sich von selbst, daß der Erfolg als Solist mir eine gewähltere Korrespondenz und ihr eine honorigere Existenz beschert hätte. Die Hoffnung aufgeben zu müssen, nach einem Klavierabend in Bayreuth oder Salzburg mit Solti oder der Caballé zu dinieren, mich statt dessen zum Großen Preis der Eurovision nach Monte Carlo begleiten zu müssen, ist durchaus eine herbe Enttäuschung. Und wenn man von einem Gatten im Frack auf dem Podium, gefeiert von einem begeisterten Publikum geträumt hat und statt dessen mitansehen muß, wie er hinter den Kulissen ein paar magere Piepsstimmen aufmuntert, die seinen Platten zu Millionenauflagen verhelfen, ist die Enttäuschung um so größer. Seit sieben Jahren immer das gleiche, die Illusionen über meine Karriere hätten allmählich verflogen sein müssen. Und wer sagte ihr, daß ich nicht selbst auch für diesen romantischen Zauber empfänglich war? Daß sie gerne Marie d'Agoult gewesen wäre, hieß nicht, daß ich nicht hätte Franz Liszt sein wollen. Immerhin wußte ich, worin sich Beethoven von Vincent Scotto unterscheidet; und die Schumannschen Klänge, mit denen sie mir von früh bis spät die Ohren volldröhnte, als dauernden Vorwurf sozusagen, zeugten weder von Mitgefühl noch von Intelligenz. Alles das würde sie eines Tages von mir zu hören bekommen, eines schönen Tages, ein anderes Mal – dieses nicht geplante Mittagessen mit ‹Pas un sou› war für sie vermutlich schon ärgerlich genug. Und ich wiederhole, ich haßte es, Laurence Kummer zu bereiten.

Deshalb stahl ich mich über den Flur durch die Küche und weiter durch Odiles Sekretariat, um in mein Studio zu gelangen, in mein Refugium, in meinen Unterschlupf. «Was soll dieses Refugium?» bemerkte Coriolan, als er mich einmal besuchte. «Was ist das für ein Refugium, wenn du an deinen Wärterinnen vorbei mußt, um dich zu verziehen?» Er übertrieb wie üblich. Ich war sicher, daß Odile mich recht gerne mochte und daß sie bereit gewesen wäre, bei einer Dummheit von mir ein Auge zuzudrücken; ich wußte nicht, ob auch sie mich für eine Niete hielt:

Mein Ruf als Niete war am Anfang meiner Ehe unter Laurences Freundinnen (von denen die meisten eine gute Partie gemacht hatten) recht verbreitet gewesen. Es hatte mir jedoch am Herzen gelegen, ihnen rasch zu beweisen, wie ungerechtfertigt ihr Urteil war, zugleich wollte ich ihnen aber auch zeigen, warum Laurence mich geheiratet hatte. All das war freilich mit größter Diskretion behandelt worden, obwohl es in diesen Kreisen – wie leider überall – kaum Männer gibt, die sich bemühen, ihre Seitensprünge zu verheimlichen. Laurence hatte sich um meine Treue niemals Gedanken gemacht, aber auch nie den geringsten Beweis gehabt für berechtigte Sorgen. Ich haßte diese Paare, für die es unter dem Vorwand, aufrichtig zu sein, Ehrensache war, sich gegenseitig über ihre Seitensprünge zu informieren, worin für mich immer eine gehörige Portion Sadismus oder Eitelkeit zu liegen scheint.

«Vincent? Ach Sie sind es!» rief Odile überrascht, als schlichen sich üblicherweise ein Dutzend Männer auf Zehenspitzen am hellichten Nachmittag durch ihr Büro. «Vincent! Haben Sie Laurence gesehen?»

«Nein», sagte ich. «Warum glauben Sie, komme ich hier durch?»

«Aber... aber...» – die Unglückliche schwieg betroffen, da Laurences Berichte und Verhalten ihr stets das perfekte Paar vorspiegelten.

«Aber sie erwartet Sie... sie erwartet Sie!» Und ihre Augen, ihre Hände, ihre Stimme, alles an ihrem Körper versuchte, mich in Laurences Zimmer zu drängen, mich auf Schumann – auf das eheliche

Glück und die erhabene Musik aufmerksam zu machen, um genau zu sein.

«Ich möchte Laurence nicht stören», erwiderte ich und beeilte mich, in mein Studio zu gelangen.

Ich hatte die moralischen Gebote in dieser Wohnung übertreten. Dafür hatte ich zwar mit einer Strafe zu rechnen, aber ich gedachte gewiß nicht, mit dieser Armsündermiene, die mich aus dem Spiegel anblickte, einfach hier stehenzubleiben. Ich zog meinen Regenmantel aus, warf ihn auf mein Bett und trat mit festem Schritt hinaus.

«Sie sind mir aber ein...!» sagte Odile, und daß sie «Witzbold!» nicht aussprach, war einzig und allein ihrer Unsicherheit zuzuschreiben.

Ich zwinkerte ihr zu, worauf sie errötete. Arme Odile! Es wäre eine barmherzige Tat, mit ihr zu schlafen, aber mein Egoismus hielt mich davon ab. Ich mußte bei dem Gedanken schmunzeln, daß Laurence es fertiggebracht hatte, mir die allerhäßlichste ihrer besten Freundinnen zur Sekretärin zu geben.

Ich trat ins Zimmer – in unser Zimmer – Schumann pfeifend, was sonst. Laurence erwartete mich im Negligé vor dem Kamin, in dem ein großes Feuer brannte. Und ich erinnerte mich an einen Herbstabend vor fünf Jahren, als ich nach einem Vorspiel in der Salle Pleyel erniedrigt und besiegt nach Hause gekommen war, zum erstenmal in meinem Leben mit dem Gefühl, ein Versager zu sein. Es war das erste Mal, daß ich mich nicht mehr als junger Mann empfand, der seine Sache beherrschte oder beherrschen würde, sondern als einer, der versagt hatte.

Und diese Erkenntnis hatte mich an diesem Abend in die Knie gezwungen, hatte mir den Buckel gekrümmt und mir die Tränen in die Augen getrieben. In meiner Verzagtheit wäre ich Laurence am liebsten aus dem Weg gegangen, doch kaum hatte ich die Wohnung betreten, hörte ich sie rufen und war ihr in diesen schummrigen Raum gefolgt, so wie heute, in dem die Wände vom Widerschein der Flammen erleuchtet waren.

«Komm her, Vincent!» hatte sie gesagt, und ich hatte mich in der Dunkelheit neben sie gesetzt, kaputt, zerschlagen, das Gesicht von ihr abgewandt, aus Angst, sie könne mir Fragen stellen zu dem Vorspiel in der Salle Pleyel.

Aber sie hatte keine einzige Frage gestellt; sie hatte mir die Jacke und die Krawatte ausgezogen, mit ihrem Tuch mein Haar trockengerieben und mich dabei ganz sanft geküßt, ohne weitere Worte als «Liebling! Mein armer Liebling!» mit leiser, zärtlicher mütterlicher Stimme zu flüstern, eben jener Stimme, die mir guttat. O ja, damals hatte sie mich geliebt!

Ja, Laurence liebte mich! Und für solche Erinnerungen ließ ich ihr die kleinen Kapricen eines verwöhnten Kindes durchgehen.

Auch am heutigen Nachmittag sprach sie mich nicht gleich auf das Mittagessen an. Sie wirkte im Gegenteil recht fröhlich, und ihre Augen glänzten. Und als sie von einer Überraschung sprach, machte mein Herz einen Satz: Erwartete sie vielleicht ein Kind? Sie wollte keines, das wußte ich. War sie unvorsichtig gewesen? Aber es ging nicht um ein Kind, sondern nur um die Eltern.

«Rate, wer mich vorhin angerufen hat! Mein Vater!»

«Was ist denn in den gefahren?»

«Er hatte einen Herzanfall und findet unseren Streit absurd. Er möchte das Risiko nicht eingehen zu sterben, ohne mich wiedergesehen zu haben. Er ist sich der Lächerlichkeit seines... nun ja, unseres Zerwürfnisses bewußt.»

«Mit einem Wort, er akzeptiert mich!»

Ich mußte beinahe lachen. Was für ein Tag! Zu Mittag ein Impresario, zum Tee um fünf ein Schwiegervater! Das Leben bot sich mir dar in seinem schönsten Gewand.

«Wie findest du das?»

Ich schaute sie an. Ihrem Gesichtsausdruck nach zu urteilen war sie gerührt.

«Na ja, ich glaube, daß du darüber glücklich bist. Und das ist normal, er ist dein Vater.»

Sie warf mir einen sonderbaren Blick zu:

«Und wenn ich entsetzt wäre?»

«Auch das wäre normal, dein Vater hat sich nicht geändert.»

Meine Antworten erschienen mir recht raffiniert, aber Laurence war nicht besonders zufrieden, was mich dazu verleitete, sie zu kommentieren:

«Es ist normal, daß du dich über die Wiederkehr deines Erzeugers freust – aber da dein Erzeuger nun mal den Charakter deines Vaters besitzt, ist es normal, daß...»

«Ach, hör doch auf, du mit deinen ewigen Scherzen! Übrigens, du scheinst dich heute mittag mit deinen Künstlern, diesen Musikern gut amüsiert zu haben, mit den Musikern dieses Monsieur Ferdinand Palassous? Gefallen dir deine neuen Freunde immer noch so gut?»

Ihre Stimme troff vor Verachtung, doch ausnahmsweise protestierte ich. Seit diese Musik, dieser Erfolg in mein Leben eingebrochen war, fühlte ich mich meiner selbst sicherer; ich hatte das nicht unangenehme Gefühl, nicht mehr nur ein Nichtskönner zu sein, vielmehr war die Gewißheit, meinen Lebensunterhalt nicht verdienen zu können, mit dem Erfolg von *Unterm Regen* ins Wanken geraten. Freilich, ich sagte es bereits, der Erfolg mochte ebensogut nur Zufall sein, aber erwiesen war auch das keineswegs. Manche Fachkollegen waren eher vom Gegenteil überzeugt und sahen in mir sogar einen Komponisten mit Zukunft. Deshalb antwortete ich hoheitsvoll:

«Aber Liebling, es sind doch meine Kollegen! Ich habe mich deswegen auch keine Sekunde gelangweilt.»

Sie sah mich an und brach in Tränen aus. Ich schloß sie in die Arme, verblüfft, weil ich Laurence erstens nicht häufig habe weinen sehen und weil ich zweitens kein einziges Mal der Grund ihrer Tränen gewesen war – worüber ich nicht wenig stolz war. Also drückte ich sie sanft an mich und murmelte entschuldigend: «Liebling, mein großer Liebling! Bitte weine nicht! Du hast mir während des Mittagessens so sehr gefehlt» usw. usw. Und da sie nicht aufhörte zu schluchzen, preßte ich sie immer stärker an mich, bis sie sich schließlich des physischen Schmerzes wegen beruhigte. Sie zappelte und befreite sich am Ende keuchend:

«Nichts hast du verstanden», sagte sie, sich die Hände vor den Busen haltend. «Dieses Milieu ist so grauenhaft! Du hast mich sogar von der Garderobenfrau anrufen lassen, wie alle diese Typen es tun; weil du zu feige warst und es vor deinen Freunden nicht so aussehen sollte, als erwarte man dich zu Hause. Was für eine verlogene Freiheit, was für eine Taktlosigkeit! Oh, wie schrecklich! Die Mediokrität dieser Leute! Wie kannst du nur?»

Und sie stieß kleine Schluchzer aus, verschluckte sich halb, und ich mußte gestehen, daß sie nicht unrecht hatte; ihre lauwarmen Tränen, die Spuren auf meiner Wange, ihre fiebernde Haut, die klebrigen Haare auf ihrer Stirn, das Beben ihres Körpers, das alles tat mir in der Seele weh. Ich zerfloß vor Mitleid, vor rein menschlicher und zartfühlender Anteilnahme. Um so überraschter war ich, als ihre Hand unter mein Hemd glitt, die meine ergriff und mich zum Bett zog: vollkommen überrascht und fassungslos. Es waren keine zehn Minuten vergangen, als sie mich noch mit Vorwürfen überschüttet hatte, vor kaum drei Minuten war sie tränenüberströmt vor mir gestanden, und den ganzen Nachmittag über hatte sie vielleicht nichts als Verachtung für mich übrig gehabt. Wie konnte sie mich nur so plötzlich begehren? Zu meinem Leidwesen funktioniert meine

Natur lächerlich simpel; Kopf und Bauch ziehen immer an einem Strang, und ich reagiere auf Nähe und Harmonie so selbstverständlich mit Lust wie mit Flucht auf Spannungen und Streit. Keiner taugte weniger zur Vergewaltigung als ich, und diese Trennung zwischen Fühlen und Verlangen, das so viele Erzählungen würzt und so viel Literatur hervorbringt, war mir fremd. Um es klipp und klar zu sagen: Immer wenn Laurence sich aufführt oder schmollt, vergeht mir jede Lust. Ich weiß, daß ich diesbezüglich zurückgeblieben oder unreif bin, und ich ärgere mich über diese Schwerfälligkeit, aber ich kann nichts dafür.

Bleibt festzustellen, daß Laurence sich mir an jenem Nachmittag hingab, wie sie es seit langem, seit sehr langem nicht mehr getan hatte, daß mir ihr Schreien und gewisse Bewegungen nicht nur ein wenig übertrieben erschienen, sondern vielleicht auch einem anderen als mir galten, einem Vincent, der romantischer und feuriger war, was nicht zu sein ich mir vorwarf und was ich einen Augenblick lang sogar fürchtete preiszugeben, und allein die Eitelkeit ermöglichte es mir, meine Rolle mit Anstand zu spielen.

Ein wenig später trank ich im Salon meinen Tee, unter Laurences ironischem Blick. Ich hatte mich wieder vollständig angekleidet, während sie in ihrem cremefarbenen Negligé mit tiefen Ringen unter den Augen an unseren vorangegangenen Aktivitäten keinen Zweifel ließ. Sie beschuldigte mich leicht amüsiert der Prüderie, und ich warf ihr mit fast unhörbarer Stimme vor, ordinär zu sein. Diese Pflichtübung, der sich heutzutage immer mehr Paare unterziehen, andere davon in Kenntnis zu setzen, daß sie sich eben geliebt haben, dieses eitle Mitteilungsbedürfnis eine Betätigung betreffend, der sich jedes Säugetier mit gleicher Verve und Energie hingibt, all das schien mir grotesk und deplaciert... zumal das Gefühl der Befriedigung nach der Liebe nichts ist im Vergleich zum Verlangen davor! ... Diejenigen die uns mit ihrer Unruhe und ihrem fortwährenden Gefummel an ihrer Begehrlichkeit teilhaben lassen, die sie uns signalisieren wollen, lassen es – das hatte ich schon hundertmal festgestellt oder gehört – häufig bei den fröhlich-leeren Versprechungen. Was einleuchtet, wie ich finde, da es für dieses freiwillige und schmerzhafte Hinhalten der Begierde nur eine Erklärung gibt: Impotenz.

Nach diesem Exkurs ins Allgemeine bleibt festzustellen: Das Theater, das die sinnliche, schmachtende Laurence aufführte, die sich ihren Tee von der geradlinigen, frustrierten Odile einschenken ließ, mißfiel mir sehr.

«Aber es ist doch nur Odile! Es ist doch nur Odile da! Du wirst dich doch nicht...»

Worauf diese hereinkam und sich geniert zu uns setzte.

«Übrigens», sagte ich, «ein junges Mädchen mit grünen Haaren fragte mich heute bei ‹Delta Blues Production›, ob ich ihren Brief erhalten hätte. Sie hatte vor vier Wochen um ein signiertes Foto gebeten. Erinnern Sie sich, Odile?» Zu meiner größten Überraschung wurde sie über und über rot, und Laurence antwortete an ihrer Stelle heftig:

«Du weißt genau, daß Odile deine Post sortiert! Sie liest daher zwangsläufig alles, bevor wir die Briefe beantworten… die, sagen wir, gerade noch passabel sind. Ich gebe zu, daß ich in den letzten Wochen keine Zeit hatte, mich darum zu kümmern. Dieser Rückstand ist meine Schuld.»

Ich war zunächst sprachlos, und dann wurde ich barsch. Nun hatte ich mir zwar niemals vorgestellt, daß fremde Leute mir schreiben könnten, aber sie hatten es nun mal getan. Es waren also Briefe an mich gekommen, und meine Frau hatte sie abgefangen, aus Neugier gelesen und sie mir zu guter Letzt vorenthalten. Daher das schlechte Gewissen, das ich ihnen ansah und das ich genoß. Nicht daß mich ihr Verhalten besonders schockiert hätte; etwas anderes wäre es gewesen, wenn ich Liebesbriefe erwartet hätte, dann hätte ich es infam gefunden und hätte gebrüllt; aber das war nicht der Fall, und ich warf ihnen nur ihre Unverschämtheit vor. Eine Tat ist für mich immer nur unmoralisch in bezug auf die daraus entstehenden Konsequenzen; und es lag mir völlig fern, es Laurence und ihren Freunden gleichzutun und jahraus, jahrein auf gewisse abstrakte, verknöcherte Prinzipien zu pochen, um daraus Vorwürfe abzuleiten. In diesem Fall jedoch hatte ich eine wunderbare Gelegenheit, mich aufzuregen, mein Recht auf unzensierte Post geltend zu machen und das Verschwinden jeglicher Diskretion zu beklagen. Aber ich war, das sagte ich schon, zu Melancholie und Verbitterung unfähig, geschweige denn dazu, sie auch noch demonstrativ zeigen zu müssen. Mich vor Laurence als Richter aufzuspielen, schien mir ebenso sinnlos wie vice versa.

Denn schuldig war ich auf alle Fälle. In den Augen meines Schwiegervaters zum Beispiel war ich immer nur ein Taugenichts gewesen; und auch ich fühlte mich als solcher. Er hätte meinen Verzicht, etwas darzustellen und Geld zu verdienen, meine Genügsamkeit, ein Niemand zu sein, als einen Teil meines Künstlernaturells begreifen müssen. Mit einer Beschäftigung im Marketing oder im kaufmännischen Bereich hätte ich uns allen sehr viel länger als in der Musik etwas vormachen können. Mittelmaß fällt in einem Lebensmittelladen weniger auf als im Konzertsaal: aus Anstand hatte ich nicht darauf bestanden, auf dem Klavier zu klimpern oder Unterricht zu geben, beides wäre sinnlos gewesen. So grausam diese Einsicht auch gewesen sein mochte, ich hatte dadurch Zeit gewonnen und mir sehr wohl den Geschmack am Leben bewahrt. Ich fragte mich zuweilen, ob ich diese Standhaftigkeit meinen geistigen Mitteln (die mein Versagen moralisch erträglich gemacht hatten) oder Laurences Mitteln (die es materiell erträglich gemacht hatten) zu verdanken hatte. Zweifellos kam beides zusammen.

Odile war indessen Kuchen kaufen gegangen, und Laurence, die an meiner Post als Gesprächsstoff offensichtlich keinen Gefallen fand, beschloß, das Thema zu wechseln.

«Dieser Anzug steht dir himmlisch gut!» sagte sie und ließ ihren Blick über meinen Körper schweifen, vom Kopf bis zu den Fußspitzen. «Es war richtig, den graublauen zu nehmen statt des graugrünen, findest du nicht auch? Er paßt besser zu deinen Augen!»

Ich nickte ernsthaft. Ich mochte es, wenn sie von meinen Anproben im Passiv sprach. «Es wurde» der Stoff ausgewählt, «es wurde» über den Schnitt entschieden, «es wurden» (seinerzeit) die Manschettenknöpfe gekauft, die ideal waren für alle Hemden, die italienischen Slipper, die zu allem paßten, besaß «man» schon, und «man» leistete sich diese blaugrundige Krawatte, um den Streifen besser zur Geltung zu bringen. Und, meine Güte, wenn «man» mit alldem nicht zufrieden war, wäre es zum Verzweifeln! ... Mit all diesen «es» und «man» bezeichnete Laurence sich selbst bis auf das letzte in dieser Aufzählung: das war ich. Mir war es aber, wie gesagt, in sieben Jahren gelungen, einige meiner männlichen Domänen allmählich wieder selbst zu bestimmen: Ich wählte zum Beispiel meine Zigarettenmarke, den jeweiligen Friseur, meine Sportclubs usw. usw. sowie die verschiedenen maskulinen Gadgets; doch im Hinblick auf die Kleidung war jeder Versuch vergeblich. Es hatte den Anschein, als hätte Laurence sich nicht nur einen jungen und feurigen Ehemann zugelegt, sondern zugleich eine große Anziehpuppe. Auf dieses Recht würde sie niemals verzichten, ich hatte mich lange genug gewehrt, ich wußte es. So begaben wir uns jedes Jahr im Herbst und manchmal auch im

Frühjahr zu «ihrem Schneider», der mich auf den neuesten Stand der Mode zu trimmen hatte, und sie staffierte mich unter den ehemals sarkastischen, heute blasierten Blicken des immer selben Schneiders und seiner Assistentin nach dem neuesten Schrei aus... übrigens der einzige unter ihren im allgemeinen unfreundlichen Lieferanten, dessen Verschwinden mich wirklich niedergeschmettert hätte.

«Warum hast du dich wieder vollständig angezogen?» fragte sie. «Wegen Odile? Glaubst du, daß sie Verdacht schöpfen könnte?»

«Nein», sagte ich, «nein, sagen wir... vielleicht aus Wehmut...»

Laurence lachte schallend:

«Aus Wehmut! Ich finde dich reichlich prätentiös!»

«Sie würde nicht mich beneiden», antwortete ich einfältig. «Ich wollte damit sagen... nun ja... wir sind... es ist das Bild, das wir...»

Aber der Schaden war schon angerichtet, und als Odile zurückkam, waren die verschwundenen Briefe schon lange kein Thema mehr. Ich verbrachte gute zehn Minuten damit, über die Tücken der französischen Sprache zu lamentieren. Als Odile ging, blieben Laurence und ich allein, wie in den letzten Jahren so oft. Von meinen Freunden war nur Coriolan übriggeblieben, und Laurences Freunde waren selbst ihr so langweilig geworden, daß sie sich dessen bewußt und ihrer überdrüssig wurde, worüber ich mir durchaus Sorgen machte, da mir klar war, daß sie für das Alleinsein nicht geschaffen war, besonders zur Zeit nicht. Der Moment, als ich aus dem Fenster auf den regenglänzenden Boulevard Raspail blickte und im Zusammenhang mit Odile das Wort Wehmut ausgesprochen hatte, schien mich durch alle Hintertüren einzuholen, mich von allen Neonreklamen am Montparnasse mit Wucht und erneuter Sprengkraft anzufallen.

In der Zwischenzeit war Laurence damit beschäftigt, unser audiovisuelles Liebesnest herzurichten. Wie üblich baute sie vor dem Fernsehapparat auf dem Boden ein Viereck aus Sofakissen, was sie unsere «Burg» nannte. Dort saßen wir Seite an Seite, und sie dirigierte mit der Fernsteuerung wie eine Zauberin den Ablauf unserer Träume, schaltete von einem Kanal zum anderen, vom Märchen zum Dokumentarfilm und regierte so ihre kleine Welt, wobei mich das Fernsehen, so wie es nun einmal war, einschläferte, sobald ich das auf dem Tablett angerichtete Abendessen des jüngst beauftragten Traiteurs (den sie jede Woche mit großem dramatischem Aufwand wechselte) eingenommen hatte.

An jenem Abend hielt ich es nicht mehr aus. Das Programm schien mir unerträglicher als sonst, und gegen meinen Willen verlor ich die Kontrolle über Arme und Beine, die aus dem samtenen Schloß um so heftiger hinausstrebten, je enger Laurence sich an mich schmiegte. Sie gehörte zu den Frauen, die Annäherungsversuche nur deshalb unternehmen, um einen daran zu erinnern, daß man mit ihnen schlafen solle und danach nicht davon ablassen, einen zu erinnern, daß man es mit ihnen getrieben hatte, was einem Mann kaum Zeit läßt, zur Besinnung zu kommen und ihn vor allem daran hindert herauszufinden, woran er ist. Ich nahm Laurence also auf gut Glück in die Arme und küßte sie:

«Nein», sagte sie, «was bist du doch für ein Quälgeist! Hast du über meinen Vater nachgedacht? Was wirst du tun?»

«Was du willst», und sie drückte mir dankbar einen Kuß auf die Wange.

«Du bist doch nicht nachtragend?»

«Nein, ich finde nachtragende Leute kleinlich. Wut, ja meinetwegen! Aber hinterher, was soll's! Ist es nicht so?» Und irgendwie hoffte ich wirklich, daß sie sich diese Lektion wie eine Art absolutes Prinzip merken und vielleicht sogar danach handeln würde.

«Wie recht du hast!» sagte sie. «Mein Vater möchte uns übermorgen in seinem Büro sehen, uns beide, dich aber für einen Augenblick unter vier Augen. Er scheint sich bei dir entschuldigen zu wollen, und vor mir... wäre es ihm peinlich.»

«Das ist aber schade.» Ich lächelte, war aber insgeheim doch recht froh. Allein würde es einfacher sein, ihn mit Anspielungen zu ärgern und bloßzustellen, Laurence kannte mich bereits zu gut.

«Und weißt du», fügte sie hinzu, «er ist ein glänzender Geschäftsmann. Was immer du mit deinem... aus deinem... aus deinem Schlager verdienen kannst, du wirst dein Taschengeld aufbessern können...» Bei dem Wort «Taschengeld» unterbrach sie sich plötzlich, da dieses Thema, wenn nicht tabu, so doch seit einem Abendessen bei ihrem

Notar delikat geworden war. Die Gattin jenes Herrn hatte nach der Aufzählung der tausend Schandtaten ihres Sohnes mit dem Satz geschlossen: «Und dabei gebe ich ihm ‹soundso viel› Taschengeld im Monat!» Das «soundso viel» entsprach exakt dem Betrag, den mir Laurence monatlich zuwies. Ich war sofort unter den Tisch in Deckung gegangen, angeblich, um meine Serviette aufzuheben – in Wahrheit aber, um meine Fassung wiederzugewinnen, dennoch mußte Laurence, als ich wieder auftauchte, die Spuren eines Lachkrampfes in meinem aufgelösten Gesicht erkannt haben. Und einen Monat später hatte sie, ich weiß nicht warum, meine Bezüge genau verdoppelt... Vielleicht weil der Junge sechzehn und ich zweiunddreißig Jahre alt war... Jedenfalls lobte ich mir noch lange danach diesen wunderbaren, insolventen jungen Mann.

An diesem Abend, von Laurence genervt, von dem Spektakel im Fernsehen angewidert, von den Samtkissen halb erstickt, überkam mich zum erstenmal seit langer Zeit ein Anfall von Klaustrophobie. Ich brauchte in der Regel nur an die Klapsmühle zu denken, sprich, an das Heim für verhaltensgestörte Jugendliche, in das ich normalerweise eingewiesen worden wäre, um wieder ruhig zu werden, doch heute abend wollte es mir nicht gelingen. Coriolans entschlossenes Auftreten, das ‹Pas un sou› zum Einlenken gebracht hatte, machten mich euphorisch, und ich stellte mir plötzlich vor, wie ich eine von mir bezahlte Wohnung betrat, in der mich eine Frau erwartete, mit der ich ein Leben teilte, statt daß sie sich des meinen vollständig bemächtigte und mir das ihre von Zeit zu Zeit stückchenweise wie Knochen vorwarf. Andererseits schien mir der Gedanke, mich von Laurence in dem Augenblick zu trennen, da ich über die nötigen Mittel verfügte, das Niederträchtigste auf Erden. Und selbst wenn ich tatsächlich die Lust und die Möglichkeit gehabt hätte, ich dachte an den Ekel, den ich danach empfinden würde, Ekel vor mir selbst, dem ich auch in der Öffentlichkeit ausgesetzt gewesen wäre, obschon er dort weniger lange andauern würde.

DRITTES KAPITEL

Da anderer Leute Träume zum Langweiligsten gehören, begnüge ich mich mit der Feststellung, daß ich die ganze Nacht über köstlich von Schnee, von einem Klavier und von Kastanien träumte, aber am Morgen mit einem noch stärkeren Gefühl von Ersticktsein aufwachte. Das Zimmer roch nach Parfum und Liebe, und trotz der für mich ansonsten faszinierenden Kombination fühlte ich mich schon in aller Frühe vergiftet. Laurence war glücklicherweise bereits ausgegangen, ich öffnete das Fenster und atmete lange und tief die Luft von Paris, diese angeblich von Abgasen und Staub verpestete Luft, die ich stets für das Frischeste und Gesündeste auf unserem Planeten gehalten hatte. Danach ging ich in die Küche und machte mir einen lauwarmen Nescafé, da Laurence vor drei Uhr nachmittags fremde Hilfe im Haus nicht ertragen konnte. Ich genoß es, barfuß über die Kacheln und den Teppichboden zu laufen, somit die Hausordnung zu verletzen, und die Wohnung in aller Ruhe für mich zu haben. Obwohl sie sehr viel Platz bot, war sie für einen Müßiggänger doch nicht groß genug, wie ich sehr bald herausgefunden hatte. Ich stieß pausenlos auf geschäftige Frauen und flüchtete mich unweigerlich in mein Studio, wo ich mich zuweilen recht einsam fühlte; ich hätte es vorgezogen, Teil dieses gemächlichen häuslichen Ablaufs zu sein, im Schlafrock herumzulungern und Nichtigkeiten von mir zu geben, statt allein vor meinem Flügel zu sitzen, diesem vorwurfsvollen und hohlen Mahnmal von Pleyel. Gott sei Dank stand er neben einem Sofa, auf dem ich letztendlich immer mit einem Buch landete (in den letzten sieben Jahren hatte ich zweifelsohne mehr gelesen als in meiner ganzen Jugend, obwohl ich damals von Literatur nahezu besessen war).

Am Vortag hatte ich mich mit Xavier Bonnat, dem Regisseur von *Unterm Regen* und seinem Produzenten zum Mittagessen verabredet. Treffpunkt war sein Lieblingsrestaurant aus der Zeit seiner Mißerfolge, ein Lokal, das er sein «home» nannte und das von nicht zu überbietender Gräßlichkeit war. Trotz einer gewissen Prominenz, die er jüngst erlangt hatte, bestand Xavier weiterhin darauf, seine Mahlzeiten hier einzunehmen; was, Laurence zufolge, zeigte, daß ihm der Erfolg nicht zu Kopf gestiegen war, mir aber bewies, daß er ihn wohl endgültig verloren hatte, da kein Mensch je in dieser Kaschemme essen würde, außer wenn Hunger und Schulden ihn dazu trieben.

Sein «home» war ein großer gewölbter Saal, Tag und Nacht von rußenden Kerzen beleuchtet und pausenlos von einer mittelalterlichen, von Schalmeienklängen durchsetzten Musik berieselt, die sich tödlich auf jedes Nervensystem auswirkte. Xavier Bonnat und J. P. S., sein Produzent, erwarteten mich an einem kleinen Tisch, und ich stellte fest, daß, was seine Kleidung betraf, Xavier der Erfolg auch nicht zu Kopf gestiegen war: Er zog nach wie vor mit seinem schmutzigbeigen Dufflecoat herum, darunter trug er einen grauschwarzen Pullover mit rundem Ausschnitt. J. P. S. dagegen hatte sich einen nagelneuen Dreiteiler zugelegt, der ihm endlich das Aussehen eines echten Produzenten verlieh. Da Xavier Bonnat vor Höflichkeitsfloskeln einen Horror hatte, setzte ich mich, ohne ihm die Hand zu reichen und ohne ihn anzusehen. Laurence, die ihn mit sechzehn Jahren kennengelernt hatte und in die er lange Zeit verliebt gewesen war, meinte, Xavier sei ein «erstklassiger» Mann. Er hatte eine Menge Ticks, war hoch aufgeschossen, sein feingeschnittenes Gesicht schätzten die Leute auf dreißig bis fünfzig, und er war nicht bereit, sein wirkliches Alter zu verraten; letztendlich war er doch vierzig – den Illustrierten nach, die über ihn berichteten, seitdem er berühmt war. J. P. S. war gleich alt, aber seinem Gesicht und seiner Figur nach zu urteilen war er eine ausgeglichenere Persönlichkeit. Er schenkte mir ein breites Lächeln, was mich erstaunte.

Diese Einladung hatte mich in der Tat irritiert. J. P. S., seit dem Gymnasium von Bonnat intellektuell fasziniert, hatte seitdem jeden seiner Filme produziert und sich auf diese Weise eine Reihe von kostspieligen Flops eingehandelt. Diesmal hatte er die Produktion nicht zu Ende führen können und auf halber Strecke professionelle Produzenten eingeschaltet, die ihm den Film zu drei Vierteln abgenommen hatten. Diese Einsteiger waren es auch, die unter anderem Bonnat klipp und klar verboten hatten, seinen Film ausschließlich mit einem besonders hermetischen Stück von Alban Berg zu unterlegen. Laurence hatte ihm, als er sich bei ihr darüber beschwerte, meinen Namen und meine Hilfe angeboten, auf die er sich in der Annahme geworfen hatte, ich als Konservatoriumsabsolvent würde unweigerlich serielle Musik liefern (nach den ersten mehr oder weniger melodischen Takten meiner Partitur hatte er den Schneideraum frostig verlassen). Und die Fortsetzung dieser Geschichte schien mir nicht geeignet, uns zu versöhnen: Wenn auch sein Film ein Erfolg und in überschwenglichen Kritiken gelobt worden war, so gab es doch auch andere Stimmen, unter anderem in seinen beiden Leib- und Magenblättern, dem *Observateur* und den *Cahiers du Cinéma*. Coriolan, der Bonnats Filme haßte, hatte sie mir bei meiner Rückkehr von der Ostsee vorgelegt: In der ersten Kritik stand, daß Bonnats Bilder mehr als zusammenhanglos im Raum gestanden hätten, wären da nicht die beiden jungen Schauspieler und vor allem die Musik gewesen. In der zweiten hingegen fragte sich der Rezensent, warum man zur Illustration einer so wunderbaren Musik so erbärmliche Bilder gewählt hätte. Aber anscheinend hatte es Bonnat weder besonders gestört noch gegen mich aufgebracht, was um so besser war.

«Also», fragte er, «also, was denkst du über diesen Erfolg?» In seiner Stimme lag ein müder, verächtlicher Ton.

«Nun ja», antwortete ich fröhlich, «Laurence hatte Lust, an die Ostsee zu fahren, und so sind wir mitten auf der Erfolgswelle abgereist und zurückgekehrt, als sich alles wieder beruhigt hatte, vollkommen beruhigt. Dein Film läuft doch immer noch fabelhaft, oder?» beeilte ich mich hinzuzufügen. «Für euch ist alles doch bestens», sagte ich zu J. P. S. gewandt.

«J. P. S. wäre selbstverständlich zufrieden, wenn er auf halbem Wege nicht drei Viertel der Produktion an diese Hochstapler verkauft hätte!» sagte Xavier. «Chaoten, die den Film in die Luft hätten gehenlassen können, wenn wir alle ihre Auflagen befolgt hätten!»

Da auch ich zu diesen Auflagen zählte, senkte ich den Kopf und sagte zu J. P. S. gewandt: «Na ja, für Xavier ist es doch fabelhaft, phantastisch, diese Kritiken! Nicht wahr?»

«Was das betrifft», erwiderte Bonnat im selben spöttischen Ton, «so ist es das erste Mal, daß diese Pisser sich herablassen, bei der Vorführung einer meiner Filme die Augen aufzumachen, und sie haben sich nicht lumpen lassen. Unglaublich! Soll ich dir... warte... daß ich mich erinnere! Hör dir das mal an! Äh... laß sehen... ‹Zwischen Lubitsch und Sternberg...›, ‹das Zusammenspiel von Anmut und Tiefsinn...› Äh... ‹ein sehr schmales Thema, woraus einen so großen Film zu machen, es eines überragenden Cineasten bedurfte...› Nein, das ist noch nicht alles, hör zu, hör zu... ‹Bonnat hat alles riskiert und auf der ganzen Linie gewonnen, man ist vor Glück niedergeschmettert›. Der Rest geschenkt! Und es gibt noch weitaus Besseres!»

«Warte, warte doch!» (Diesmal redete J. P. S.) «Warte, da ist noch eine, die ich liebe: ‹Seine Kollegen ohne Rasiermesser, du weißt, die... Wolken!›»

«Bring nicht alles durcheinander», unterbrach Xavier. «‹Im Unterschied zu seinen Kollegen führt uns Bonnat weder in den Schlamm noch über die Wolken: Er bewegt sich auf des Messers Schneide.›»

«So war's, so war's! Auf des Messers Schneide. Ich finde das phantastisch! Und es ist wahr, verdammt wahr!»

«Verstehst du das?» fuhr Bonnat fort. «Und im übrigen habe ich nicht alles zitiert...»

Er hatte immer noch sein spöttisches Grinsen aufgesetzt, aber in seinen Augen leuchtete und aus seiner Stimme hörte man eine Nuance, die eher von Glück als von Spott zeugte; ich konnte mir kaum vorstellen, daß man sich aus Ekel so viele Zitate merken konnte.

«Wohlgemerkt», sagte J. P. S., «die Musik hat in der Tat zum Erfolg des Films beigetragen, das ist nicht zu leugnen!»

«Damit meinst du, daß es un-be-streit-bar ist!» betonte Xavier mit Nachdruck.

«Oh», sagte ich, «wir wollen doch nicht übertreiben! Die Musik... ja, schon... aber schließlich ist sie nicht...»

Leider erinnerte ich mich an keine einzige dieser Kritiken so genau wie Xavier. Ich gab mich daher bescheiden, wie es mir unter diesen Umständen am angemessensten erschien.

«Ich bin sehr froh, daß dieser Erfolg gerade Sie trifft!» erklärte J. P. S.

«Ich auch», sagte Xavier in einem Ton, bei dem ich automatisch ein ‹endlich› erwartet hätte – aber er sprach nicht weiter: «Das sagte ich übrigens gestern noch zu Laurence.»

«Ach, du hast Laurence gestern gesehen?»

«Ich habe mit ihr einen Kaffee getrunken. Sie hat mir von den Schwierigkeiten mit deinem Produzenten erzählt, nein, so was... dieser Trottel von ‹Pas un sou›. Du mußt dich wehren, Alter!»

«Zwei Millionen, das läßt man doch nicht in einem Büro herumliegen!» bemerkte J. P. S.

«Zwei Millionen?» Ich sah ihn an und addierte so ungefähr... «Zwei Millionen? Neue?»

«Zwei Millionen Dollar. Wenn ich von Geld spreche, dann nur von Dollar», berichtigte J. P. S. von oben herab und strich dabei seine neue Weste glatt, die zu seinem neuen Dreiteiler gehörte.

«Wollen Sie damit sagen... Nach meinen Berechnungen schuldet mir ‹Pas un sou› ungefähr sechshundert... also... sechzig Millionen alte Francs, soweit ich verstanden habe...»

«Er schuldet Ihnen zur Stunde eine Million Dollar, das heißt sechshundert Millionen alte Francs; dazu kommt das gleiche noch einmal aus Amerika! Es ist kein Witz», sagte J. P. S., «ich scherze nicht!

Ich habe bei Vlamink Ihre Tantiemen ausrechnen lassen, der als Agent übrigens von einem anderen Kaliber ist.»

Ich betrachtete ihn verblüfft, nicht wegen der Zahlen (ab einer bestimmten Anzahl von Nullen ändert sich für mich bei einer mehr oder weniger nicht viel), sondern seiner Fürsorglichkeit wegen.

«Sie haben meine Tantiemen bei Vlamink ausrechnen lassen? Wie reizend von Ihnen...»

J. P. S. war puterrot geworden. Xavier warf ihm einen eisigen Blick zu, begann dann aber plötzlich zu lachen. Sein Lachen war offen, ansteckend und freundschaftlich, nur setzte er es nicht häufig genug ein.

«Gut», sagte er, «Vincent, jetzt laß uns ernsthaft werden! Ich habe dich nicht zum Essen eingeladen, damit wir uns die Lobeshymnen der Kritiker gegenseitig an den Kopf werfen.»

Es lag mir auf der Zunge richtigzustellen, daß er seine Kritiken mir an den Kopf geworfen hatte und nicht umgekehrt. Aber es war ja meine Schuld, ich hätte sie mir nur merken müssen.

«Ich habe dich auch nicht eingeladen, um dich über deine Finanzen aufzuklären, zumal... Nun ist folgendes: Du hast die Kritiken also gelesen? Also der, den sie als den Sternberg oder Lubitsch unserer Tage bezeichnen, findet für seinen nächsten Film keinen Produzenten.»

«Nein?»

«Langsam, langsam! Er findet keinen Produzenten für ‹Die Wespen›», berichtigte J. P. S.

Aber Xavier fiel ihm ins Wort: «Ich habe schon seit langem die Absicht, ‹Die Wespen› von Aristophanes zu verfilmen. Laurence behauptet zwar, daß du sehr viel liest: Ich kann mir aber vorstellen, daß du ‹Die Wespen› trotzdem nicht gelesen hast?»

«Dieses Stück ist noch ein Stein in meinem Garten...»

«Es ist ein Stein in so manchem Garten», räumte Xavier nachsichtig ein.

«Wenn dem so wäre, gäbe es in ganz Paris keine Gärten mehr!» mischte sich unser armer J. P. S. wieder ein. «Niemand hat sie gelesen, deine ‹Wespen›, begreifst du das nicht?»

«Es ist ein wunderbares Stück über Gerechtigkeit und Geld», fuhr Xavier fort, ohne ihn zu beachten. «Aber ich will es mit unbekannten Schauspielern drehen, mit nur einem einzigen Bühnenbild und in Schwarzweiß. Und deswegen bekomme ich das Geld nicht zusammen.»

«Das wundert dich?» sagte ich in einem Anflug von gesundem Menschenverstand. «Das darf dich nicht wundern», beeilte ich mich hinzuzufügen. «Bei diesen Produzenten! Überleg dir doch: Unbekannte Schauspieler, ein einziges Bühnenbild und dazu Schwarzweiß! Und womöglich noch ohne Ton?» Xavier und J. P. S. tauschten halb mißtrauische, halb verächtliche Blicke.

«Das wäre ja der Gipfel!» jammerte J. P. S. «Erst ‹Die Wespen›! Und dann noch als Stummfilm?»

«Sie meinen ohne das Bz Bz?» fragte ich äußerst

geistreich, erntete damit aber nur den gleichen Blick.

Plötzlich ernst geworden, beugte sich Xavier über den Tisch: «Es kommt für mich nicht in Frage, diese ‹Wespen› nicht zu verfilmen! Es ist für mich lebensnotwendig! Vielleicht ist es Hochmut, es geht um mein Selbstbewußtsein, aber ich muß diese ‹Wespen› drehen, besonders nach meinem Erfolg!»

«Aber ich sehe nicht ein, warum...» rief J. P. S. aus, verstummte aber, bevor er seinen Gedanken zu Ende führen konnte, der etwa so gelautet hätte: ‹Ich sehe nicht ein, warum du nach einem Erfolg unbedingt einen Flop landen willst!›

Xavier unterbrach ihn: «Ich weiß warum, das reicht! Gut! J. P. hat keine Mittel, wie du unschwer erraten hast. Ein Viertel der Einkünfte! J. P. hat nur ein Viertel der Einkünfte behalten, die er sich außerdem mit mir teilt. Nun reicht ein Achtel aus *Unterm Regen* für die Produktion der ‹Wespen› nicht aus. Deswegen habe ich an dich gedacht: Wir könnten zusammenlegen! Wir könnten meine Idee, J. P.s Erfahrung, deine Einkünfte in einen Topf werfen und ‹Die Wespen› unabhängig, ohne diese Leute produzieren. Den Gewinn teilen wir durch drei, wenn es einen gibt, so wie wir auch die Kritiken, wenn es welche gibt – den Zorn und Haß durch drei teilen werden. Und wenn ich sage ‹Haß›, dann meine ich Haß, denn das Thema ist stark und aktuell.»

Ich blickte sie erstaunt an; es war das erste Mal in meinem Leben, daß mich jemand um Geld bat, zumal ich nie welches gehabt hatte. Und dieser Gedanke erschien mir komisch.

«Es ist ein gewagtes Projekt, ein verrücktes Projekt, stimmt», gab Xavier zu. «Aber ich glaube, es lohnt sich. Und ich kann dir versichern, daß Laurence meiner Meinung ist! Ich habe ihr gestern davon erzählt.»

«Allerdings würde ich Laurence gern ein wenig von dem zurückzahlen, was ich ihr schulde... Ich wollte...»

«Das wirst du niemals können! NIE-MALS!» hämmerte Xavier mit einem resignierten Lächeln und trotzdem wild entschlossen auf mich ein, «da das, was du Laurence schuldest, weder aufzurechnen noch zurückzuzahlen ist, und das weißt du selbst am besten!»

«Und außerdem», bemerkte J. P. S. pragmatisch, «außerdem, eine Million Dollar, das könnte vielleicht reichen für den Film. Damit bleibt Ihnen ungefähr noch einmal soviel, um Ihre Laurence zu verwöhnen. Oder wen immer Sie wollen!» fügte er jovial und sanft hinzu.

Xavier brachte ihn mit einem Blick wieder zur Räson, und er schlug die Augen nieder. «Ich glaube nicht, daß Vincent so herzlos wäre...» Aber Xavier führte in Anbetracht der obszönen Phantasien den Gedanken nicht zu Ende. «Nein, im Ernst, Vincent! Du weißt genau, daß Laurence von diesem Geld aus *Unterm Regen* nichts haben will. Sie will es nicht, sie hat es mir selbst gesagt.»

«Ich weiß wirklich nicht, warum...» begann ich –

plötzlich war ich wütend. Er schnitt mir das Wort ab: «Laurence ist so unglaublich feinfühlig!»

«Was das Zartgefühl Ihrer Frau betrifft!...» nahm J. P. S., mit einem Blick zum Himmel, den Faden wieder auf und nickte dabei mehrmals mit dem Kopf, als sei er in Sachen Zartgefühl Experte. Seit Beginn des Gesprächs hatte ich mehr oder weniger schlaff zusammengesunken, aber aufmerksam auf meinem Stuhl gesessen. Doch mit einemmal nahm ich Haltung an, schob die Hände in die Taschen und verlieh meiner Stimme einen virilen Tonfall: «Fassen wir zusammen: Erstens, wenn ich richtig verstehe, habe ich zwei oder drei Millionen Dollar zu erwarten; zweitens, Laurence, die dafür zu feinfühlig ist, will nichts davon; drittens, statt dessen ist sie damit einverstanden, daß meine Dollars euren nächsten Film nach der Vorlage der ‹Wespen› von Aristophanes finanzieren. Habe ich das richtig verstanden?»

Die beiden tauschten etwas unsichere Blicke, was mir ein gewisses Vergnügen bereitete, das aber angesichts der dargelegten Tatsachen verschwand. Wie aus einem Mund antwortete das Duo kleinlaut: «Ja, so ungefähr!»

«Nur daß ich nicht damit einverstanden bin! Ich bin, was dieses Geld anbelangt, nicht feinfühlig genug. Auch ohne die Hilfe eurer ‹Wespen› werde ich es schnell ausgeben. Wißt ihr, was mich bei eurem Projekt stutzig macht? Daß keiner von euch, weder du noch er, sein Achtel aus *Unterm Regen* in die ‹Wespen› investiert! Und warum nicht? Vermutlich sind diese ‹Wespen› nicht gut genug. Meine Herren, auf Wiedersehen!»

Ich erhob mich und ging, konnte aber gerade noch hören, wie J. P. S., zugleich konsterniert und triumphierend zu Xavier Bonnat gewandt, flüsterte – ein Flüstern, das weit in den Raum hineintrug: «Siehst du, ich hatte es dir doch gesagt. Das gibt es nicht... Soviel Blödheit kann es nicht geben, das wäre zu schön, um wahr zu sein! Und außerdem hätte man davon gehört... Ich hatte es dir doch gesagt...» usw. usw.

Auf dem Trottoir fing ich an zu lachen und lachte gute zehn Minuten vor mich hin. Die Leute, die mir über den Weg liefen, lächelten zurück. Entgegen der landläufigen Meinung habe ich immer schon gewußt, daß die Pariser bereit sind, jede Ablenkung aufzugreifen. Ich jedenfalls war bester Laune. Vor allem der Zahlen wegen, die ich von J. P. S. erfahren hatte und die somit korrekt waren: Bei diesem J. P. S. konnte man sich auf nichts verlassen, außer auf Zahlen; und mit denen hatte er sich wirklich ernsthaft beschäftigt, da er gehofft hatte, davon zu profitieren; vermutlich hatte er sie auf den Centime genau ausgerechnet. Zwei oder drei Millionen Dollar! Ich war außer mir. Das mußte gefeiert werden, und da Laurence so feinfühlig war, würde ich eben in aller Ruhe den richtigen Moment abwarten und ihr Zeit geben, mein Geld anständig zu finden – wozu sie, wie ich wußte, keine Ewigkeit brauchen würde.

Ich lief zu einem Herrenausstatter. Nunmehr sieben Jahre hatte Laurence meine Garderobe bestimmt und mich mal als Musiker aus der Romantik, mal als Diplomat aus den dreißiger Jahren ausstaffiert, heute hatte ich richtig Lust auf einen ein wenig zu großen und etwas legeren Cordsamtanzug, den ich auch gleich fand; außerdem stand er mir gut: «Er hat die gleiche Farbe wie Ihre Haare und Ihre Augen, Monsieur!» rief der Verkäufer ohne jede Anzüglichkeit. Ich kaufte noch ein amerikanisches Hemd mit Button-down-Kragen, einen dazu passenden Strickschlips und bezahlte alles mit einem Scheck, einem Scheck von dem Konto, das mir Laurence auf ihrer eigenen Bank eingerichtet hatte. Auf dieses Konto zahlte sie an jedem Ersten des Monats einen Scheck in der Höhe meines Taschengeldes ein; sie fand diese Lösung eleganter, als mir den Betrag bar auszuhändigen. Von diesem Konto bezahlte ich wiederum die Rechnungen in den Restaurants, den Hotels oder den Nachtclubs, überall dort, wo mein Stolz, wie sie es nannte, in Wahrheit aber ihr Stolz hätte öffentlich gekränkt werden können. (Ich muß zugeben, daß sie mir am folgenden Tag diese unvorhergesehenen Ausgaben stets pünktlich zurückzahlte.) Freilich, jetzt am Monatsende war mein Konto leer, aber Coriolan hatte mir außerordentlich stolz verkündet, daß es ihm gestern gelungen sei, ‹Pas un sou› einen dicken Scheck abzuluchsen, den wir gemeinsam zu jener Bank tragen würden. Ich konnte mir bereits das Gesicht des Direktors vorstellen, im übrigen ein braver Mann, der mir, als mein Taschengeld (infolge bereits bekannter Umstände) verdoppelt wurde, anerkennend die Hand geschüttelt hatte, gerade so, als hätte ich ein aufsehenerregendes Geschäft abgeschlossen. Seit sieben Jahren sah er mich nun eine gleichbleibend kleine Summe ausgeben, drei Viertel davon für irgendwelche Essensrechnungen, die sofort zurücküberwiesen wurden; diese Millionen würden ihn schwindeln lassen, ihn vielleicht aber auch enttäuschen, da er gewiß nicht viele so bescheidene und zugleich so feinschmeckerische Kunden hatte. Im Überschwang meiner Begeisterung ergänzte ich kurz vor dem Gehen meinen Einkauf um einen Regenmantel; und mit der Einkaufstüte unter dem Arm, in dem meine ehemalige Livree steckte (von der ich schon nicht mehr wußte, ob es sich um den anthrazitbraunen Hahnentritt handelte oder um das schottische Kammgarn), strebte ich mit ausladenden Schritten dem Boulevard Raspail zu; mir war so, als schauten mir die Frauen nach, worauf ich mein Kinn hob, meine Krawatte abband und meinen Schritt beschleunigte. In meiner Torheit hielt ich mich für den Größten in Paris und hatte den Eindruck, mein Leben im Griff zu haben.

Vom Boulevard Saint-Germain aus gesehen bis zum *Lion de Belfort* steigt der Boulevard Raspail langsam und regelmäßig an und mündet, ohne einem Fußgänger allzuviel zuzumuten, nach ungefähr einem Kilometer auf der Anhöhe von Montparnasse. Trotzdem kam ich außer Atem bei unserem Haus an. Ab der Rue de Rennes wölbte sich mein Spiegelbild in unzähligen Schaufenstern, und mein Anzug wirkte mal ein wenig zu jugendlich, mal ein wenig zu alt, jedenfalls immer leicht schräg. Als ich die Wohnung betrat, war ich längst nicht mehr so selbstsicher und selbstherrlich, und an der besonderen Art von Stille erkannte ich Laurences Abwesenheit. Erleichtert begab ich mich sofort in mein Studio, kurz davor, mich aus Feigheit umzuziehen. Odiles Aufschrei, als ich durch ihr Büro ging, erschreckte mich fast so sehr wie sie selbst; sie stand hinter ihrem Schreibtisch und verdrehte entsetzt ihre Augen.

«Wer ist da? Wer ist da? Mein Gott, Sie sind es, Vincent! Ich habe Sie nicht gleich erkannt.»

«Das macht der Anzug. Ich habe ihn mir am Boulevard Saint-Germain gekauft.» Und mit ausgestreckten Armen drehte ich mich auf meinen Absätzen, um besser zur Geltung zu kommen. Aber ihr Blick verriet nur Verblüffung.

«Ich habe Sie noch nie ohne Krawatte gesehen», sagte sie. «Das macht sicher nur die Gewohnheit, ich...»

«Aber Sie haben mich doch schon im Schlafrock gesehen, nicht wahr?»

«Das ist nicht dasselbe! Ich habe Sie noch nie ohne Krawatte gesehen, das ist nicht das gleiche... Im Anzug, ich meine... Ich dachte fast, Sie seien ein Fremder!»

«Wollen Sie damit sagen, daß mein Gesicht in den Kragen gerutscht ist?»

«Nein... es ist nur... Sie sahen so anders aus, Sie sind... anders... vom Aussehen her anders. Sie sehen, äh... sportlicher aus.»

Ich mußte schallend lachen.

«Sportlicher, ich? Ist das ein Vorwurf?»

Ihre Verlegenheit amüsierte mich und ärgerte mich zugleich. Ich erwartete von ihr ein qualifiziertes Urteil, ein weibliches Urteil; ob frustriert, ob noch jungfräulich, sie hatte sich dazu zu bekennen:

«Also, Odile, was ist? Finden Sie, daß mir dieser Anzug besser steht als die Dreiteiler aus Kammgarn oder die aus Chiné? Gefalle ich Ihnen besser mit einer zweifingerbreiten Krawatte in drei verschiedenen Tönen und englischem Kragen?»

«Ich weiß es nicht, ich weiß nicht! Das ist gar nicht so einfach», murmelte die Unglückliche, die wahrscheinlich Angst hatte, die teure und unfehlbare Laurence zu verraten, wenn sie sich für mich entschied. «Wie soll ich das alles in einer Minute entscheiden?» jammerte sie.

«Ich gebe Ihnen gerne eine Stunde Bedenkzeit, um über meinen Aufzug zu urteilen, aber es scheint mir doch ein wenig übertrieben. Also, entscheiden Sie sich! Was ist, bin ich so nicht recht sexy?»

«Sexy? Recht sexy?» Sie schrie fast. «Recht sexy?» In ihrer Stimme lag ein spitzer, indignierter Ton, über den ich lachen mußte, als wäre das Adjektiv «sexy», auf meine Person bezogen, wie eine Gotteslästerung.

«Ja, gewiß doch, recht sexy!» insistierte ich, «körperlich anziehend, will ich damit sagen.»

«Ich habe Sie sehr gut verstanden, aber ich finde dieses Wort im Zusammenhang mit uns deplaciert, das ist alles, Vincent», erklärte sie hoheitsvoll. Ihre Stimme klang jetzt verächtlich. Mit einem raschen

Griff hatte sie ihre Brille abgenommen, aber, da sie hinter ihrem Schreibtisch gegen die Wand geklemmt stand und die Stuhllehne krampfhaft festhielt, wirkte diese Verächtlichkeit nur wenig überzeugend. Ihre schönen, unbebrillten Augen irrten über mich hinweg, ohne mich sehen zu können, was mich plötzlich wütend machte, so daß ich mit zwei Schritten bei ihr war und sie heftig auf den Mund küßte. Odile roch nach Veilchen, wie alle Frauen, die von morgens bis abends Veilchenpastillen lutschen, aber es war keineswegs unangenehm.

«Mein Gott!» sagte sie, als ich sie wieder losließ, «mein Gott!» Sie fiel fast in meine Arme. Ich stellte sie wieder gerade, wie ein Kind, strich ihre Haare glatt, gerührt von dem Veilchenduft, der mich an jemanden erinnerte, aber an wen bloß? An meine Großmutter, fürchte ich. Es war nicht der richtige Augenblick, um an meine Großmutter zu denken.

«Wäre es Ihnen lieber, wenn ich Sie im Bubikragen küsse?» erkundigte ich mich wild entschlossen.

«Aber … aber …» – ich weiß nicht, warum sie flüsterte – «aber ein Bubikragen ist gar nicht, was Sie meinen. Bubikragen tragen nur Frauen!» führte sie schließlich recht verwirrt ihren Satz zu Ende.

Ich beugte mich über sie, küßte sie in aller Ruhe weiter auf die Nase, auf den Mund, auf die Stirn, auf die Haare und redete dabei mit ihr. Sie roch gut, sie roch nach Seife Marke ‹Santal›, für drei Francs in Drogerien zu kaufen, und sie roch vor allem nach Veilchen.

«Also, Männer tragen keine Bubikragen!» sagte

ich. «Nun gut, somit bin ich ein Vorurteil los, das mir teuer zu stehen kam. Wie köstlich dieses Veilchen doch ist. Ich habe den Eindruck, bei meiner Großmutter zu sein. Ja, das ist es, ich bin sicher!»

«Bei Ihrer Großmutter?» wiederholte sie entsetzt, wobei sie meine Küsse erwiderte.

«Sie lutschte auch Veilchenbonbons», betonte ich, um sie zu beruhigen. «Ich habe mit meiner Großmutter nichts Böses getan, das denken Sie doch nicht im Ernst?»

«Aber wir, wir tun etwas Böses!» flötete sie wie ein kleines dummes Mädchen. «Ist Ihnen das klar, Vincent? Sind Sie sich dessen bewußt? Laurence ist meine beste Freundin!»

Ich küßte sie ein letztes Mal und erhob mich gerührt und begeistert. Diesen braunen Anzug hatte ich wahrlich gut eingeweiht. Auch wenn die arme Odile überhaupt nicht hübsch war, so hatte sie doch etwas Sanftes, etwas so Verlassenes, wenn man sie küßte, das sechs wunderschöne Hürchen wert war.

«Sie müssen mir versprechen, nicht mehr damit anzufangen», sagte sie und schlug die Augen nieder.

«Das kann ich Ihnen nicht versprechen!» erwiderte ich vollendet höflich. «Aber ich werde mich bemühen, ich verspreche Ihnen, daß ich mich bemühen werde. Hören Sie, Odile, Sie wissen doch genau, daß ich Laurence liebe, daß sie meine Frau ist, meine Gattin. Sie wissen doch, was uns verbindet!»

In meinem Studio versuchte ich die Spuren des kußechten Lippenstiftes loszuwerden, die sie auf meinem Mund hinterlassen hatte. Als ich mich anschaute, empfand ich nicht nur Sympathie, sondern auch Mitleid für diese kastanienbraune, schwarzhaarige Person – «Es sind Ihre Farben, Monsieur!» –, für diesen Fremden, der mich aus dem Spiegel anblickte, der mir so fern und nah zugleich war, mit dem ich so häufig schlief, aber so wenig zusammenlebte, mit dem ich mich häufig amüsierte, mich aber niemals unterhielt; so hörte ich Odiles Antwort kaum noch: «Sie haben recht, Vincent, Laurence ist ein so wunderbares Wesen und...»

Ich setzte mich ans Klavier und begleitete jeden meiner Sätze mit einem Akkord in ais-, in f- und d-Moll, ich hatte sie soeben erfunden, und sie waren herrlich.

«Glauben Sie mir, Odile, ich achte meine Frau!» (Akkord) «Ich respektiere ihr Dach!» (Akkord) «Ich bewundere sie, Odile!» (Akkord) «Ich verehre sie, ich hänge wie verrückt an ihr, Odile!» (Akkord) «Ich habe immer an ihr gehangen, das wissen Sie, Odile!» sagte ich und spielte zwei weitere Akkorde, und beinahe wäre ich hintenübergefallen, als ich Laurences Stimme hörte, eine fröhliche Stimme, die von nebenan herüberrief:

«Was für eine herrliche Begrüßung für eine Frau! Warum machst du mir diese Liebeserklärung nicht selbst, Liebling, anstatt Odile damit zu langweilen?» Ganz leise spielte ich einen letzten Akkord, als wollte ich dem Schicksal damit danken, trat hinaus mit der schuldbewußten Miene eines bei einem Anflug von Sentimentalität frisch ertappten Mannes. Ich fühlte mich sanft und weich und einfältig, so daß ich zusammenzuckte, als Laurences völlig veränderte Stimme mich überfiel:

«Hat Xavier beschlossen, dich als Al Capone einzusetzen, oder was?»

Ich hatte meinen neuen Anzug vollkommen vergessen. Ich schaute an mir hinunter, aber Laurence hatte sich bereits mit einer theatralischen Gebärde an ihre armselige Sekretärin gewandt:

«Odile, haben Sie gesehen, wie Vincent angezogen ist? Träume ich oder... Haben Sie ihn schon gesehen?»

«Ich habe Odile meinen Anzug bereits gezeigt», stieß ich zwischen den Zähnen hervor und sah, wie sie puterrot wurde.

«Aber es ist mir nicht gelungen, ihre Meinung dazu zu erfahren.»

«Es war wirklich unnötig, Odile mit dieser Scheußlichkeit zu belästigen», erklärte Laurence. «Dein Anzug ist grauenhaft, mein armer Freund. Grauenhaft und ordinär! Wo hast du ihn bloß gekauft. Das ist ja aberwitzig! Nun ja, wenn er dir gefällt, dann behalt ihn!»

Und sie machte kehrt und stürmte wie eine Furie aus dem Zimmer. Ich zuckte mit den Schultern und wandte mich Odile zu, der das Entsetzen ins Gesicht geschrieben stand. Ich lächelte sie an. «Ich hätte vielleicht wirklich Zeit gehabt, mich umzuziehen, wenn ich mit etwas anderem nicht so sehr beschäftigt gewesen wäre. Aber glauben Sie mir, liebe Odile, ich bereue nichts.»

Ich hatte Pathos in diesen Satz gelegt und

bemerkte, wie sich wider Willen hinter ihrem Lippenstift, den sie hastig nachgezogen hatte und der, wie mir jetzt bewußt wurde, zinnoberrot war, ein Lächeln andeutete. Und was für ein scheußliches Zinnoberrot! Was war in mich gefahren, diese fade junge Frau mit diesem zinnoberroten Lippenstift und dem verhuschten Blick zu küssen? Aber manchmal überkamen mich diese sonderbaren Einfälle, die ich im übrigen fast nie bereute. Odile und dieser reizende Veilchengeschmack würde sich in Zukunft zu einer einzigen Erinnerung verbinden, und fortan bestünde zwischen uns diese verläßliche gegenseitige Zuneigung, die zwei Menschen teilen, die sich heimlich geküßt haben. Auch sie mußte es wohl gespürt haben, denn sie rief mir, als ich den Raum verließ, vorsichtig und leise zu:

«Vincent, eigentlich steht er Ihnen sehr gut, dieser Anzug...»

VIERTES KAPITEL

«Wenn ich mir in diesem Anzug wirklich gefiele, muß ich mich dann überhaupt noch rasieren? Warum denn nicht gleich das gelbe T-Shirt zu dieser Jacke und die Mütze dazu? Warum wetzt du dir nicht gleich die Knie vor den Kirchen blank, wenn dir aufgenähte Taschen so gut gefallen? Was anderes fällt mir zu diesem Anzug nicht ein!»

Ich hob die Hand.

«Anderen fällt, was mich betrifft, da sehr viel mehr ein», sagte ich, «wenn ich Xavier Bonnat glauben darf.» Aber Laurence war so sehr in Fahrt, daß sie nicht sofort reagierte. «Warum ziehen Sie sich nicht konsequent so an wie all diese Kreaturen in den Nachtclubs? Warum...» Sie stockte. «Xavier Bonnat? Was hat denn Xavier Bonnat mit dieser Geschichte zu tun? Erzählen Sie mir nicht, daß er zum selben Schneider geht!»

In angespannten Zeiten pflegte Laurence mich zu siezen, eine Form, die ich dann sofort übernahm, aber auch wieder fallenließ, sobald sich ihre Gefühle mir gegenüber wieder entspannt hatten und sie zum üblichen ‹du› zurückkehrte.

«Nein», sagte ich, «aber er hat mir Vorschläge unterbreitet, die Sie angeblich selbst akzeptiert haben.»

Laurence schüttelte den Kopf, und ihre langen schwarzen Haare pfiffen ihr um die Ohren wie das Lasso der Amazonen, sie aber schien sich in ihrem kleinen Salon wesentlich weniger wohl zu fühlen als diese wilden Gestalten in ihren weitläufigen Territorien. «Wovon sprechen Sie? Ach ja, er hat mich gefragt, ob Sie die Gewinne Ihres Liedchens in seinen nächsten Film, in ‹Die Fliegen› von Aristophanes, investieren würden.»

«Die Wespen.»

«Und ich habe geantwortet, daß mir das eine gute Idee zu sein scheint», fuhr Laurence fort, «aber daß es ausschließlich von Ihnen abhängt, daß dieses Geld allein Ihnen gehört, ausschließlich Ihnen.»

Sie sagte dies leichthin und ein wenig schneidend, in einem Ton, der verriet, daß sie nicht sagte, was sie dachte. «Ich glaubte bis dahin, daß Ihr Geld meines sowie mein Geld Ihres sei, daß wir wirklich alles teilen würden! Verzeihen Sie meine Gutgläubigkeit, Vincent», und sie wandte sich mit einer anmutigen Bewegung ab.

«Aber ich bitte Sie!» rief ich aus. «Das ist doch selbstverständlich! Sie wissen genausogut wie ich, daß alles, was Ihnen gehört, mir... Nein, verzeihen Sie, das Gegenteil... Ich wollte das Gegenteil sagen, das versichere ich Ihnen! Das heißt aber nicht, daß alles, was mir und Ihnen gehört, daß alles, was uns gehört, auch Xavier und J. P. S. gehören soll!»

«J. P. S.?» sagte sie. «Wer ist das?»

«Sardal ist Xaviers Produzent –» und unwillkürlich mußte ich lachen, als ich mir Sardals Gesicht vorstellte, während Xavier über Aristophanes sprach – «er ist der unglückliche Tropf, der ‹Die Wespen› in Schwarzweiß mit unbekannten Schauspielern produzieren soll und obendrein wahrscheinlich in einem abgelegenen Winkel im Massif Central. Können Sie sich das vorstellen?» Laurence lachte nicht.

«Ja, das kann ich. Es ist ausgesprochen schade, daß Sie ‹Die Wespen› nicht gelesen haben», sagte sie eisig. «Es ist ein wunderbares Stück!»

Zwischen uns, und das galt auch für unser Auftreten in der Öffentlichkeit, gab es ein festes Abkommen: Die Musik galt als meine Domäne, die Literatur als die ihre. Leider hatte ich aber (im Gymnasium, beim Militär sowie in der Zeit am Boulevard Raspail) sehr viel mehr gelesen als Laurence, die dazu keine Muße fand. Ich hatte fünfzehn Jahre meines Lebens damit zugebracht, mich mit Literatur vollzustopfen, ob schlechte oder gute Literatur, jedenfalls hatte ich mich damit gemästet. Trotzdem muß ich heute und mußte ich in der Vergangenheit bei allen gemeinsamen Essen, privat oder in Gesellschaft, ebenso häufig Unkenntnis vortäuschen wie Laurence Bildung. In diesem Fall nun hätte ich um alles, was sie besaß, gewettet, daß sie, strenggenommen, von Aristophanes keine Ahnung hatte – während ich mich zumindest in seiner Epoche ungefähr auskannte und einiges über seine Zeitgenossen und die Hauptfiguren in seinen Theaterstücken wußte; und damit, wenn auch recht unsystematisch, über das Thema der ‹Wespen›. Ich gönnte mir einen kleinen Spaß und fragte:

«Ich weiß, daß es sich in den ‹Wespen› um das Thema der Gewissensbisse handelt, ich weiß auch, daß es oft kopiert wurde, besonders von den Existentialisten, so ist es doch?»

«Unter anderem von den Existentialisten, ja», sagte Laurence trocken. «Alle haben es kopiert, natürlich auch die Romantiker.»

«Also können wir behaupten, daß Xavier einen guten Einfall hatte! Trotzdem, er hätte Sie darauf hinweisen müssen, daß ich nicht nur drei Francs kassieren werde, sondern drei Millionen Dollar! Er hätte Ihnen und mir gegenüber ehrlicher sein müssen! Und er tut mir gegenüber immer so verächtlich, immer scheint er kurz davor zu sein, mir ins Gesicht zu spucken... Ich habe keine Lust, meine Tantiemen einem Typ zu überlassen, der mich am liebsten ohrfeigen würde... Das begeistert mich nicht besonders... Jedem das Seine...»

Laurence hörte mir nicht zu, sie sah besorgt aus: Sie fragte sich augenscheinlich, wo sie das Literaturlexikon gelassen hatte, um unter ‹W› diesen verdammten Text von Aristophanes nachzuschlagen. Und noch ein wenig eisiger fuhr sie fort:

«Hören Sie, Vincent, machen Sie, was Sie wollen; ich habe es Ihnen gesagt: Ich werde keinen Centime

Ihrer Tantiemen anrühren. Wie gerne hätte ich die Früchte Ihrer Arbeit, Ihres Genies mit Ihnen geteilt, Ihre Einnahmen als Solist, aber in diesem Fall, nein, das Zufallsprodukt einer Publicity, einer Modeerscheinung der Unterhaltungsbranche, nein, wirklich nicht. Ich kann nicht! Kaufen Sie sich nur weiterhin scheußliche Kleider! Oder aber seien Sie intelligent und finanzieren Sie zum Beispiel ‹Die Fliegen›, und dann werden wir sehen.»

«‹Die Wespen›», berichtigte ich lapidar.

«Meinetwegen ‹Die Wespen›, wenn du darauf bestehst!» Aus lauter Ärger war sie wieder in das ‹du› verfallen, und ich mußte lachen: «Aristophanes bestand darauf. Wenn man bedenkt, wie sehr es ihn genervt haben muß, die Verwechslung zwischen Fliegen und Wespen jedesmal richtigstellen zu müssen, der Arme!»

Laurence erstarrte irritiert. «Warum ‹jedesmal›?»

«Aber Liebling», sagte ich, «zu dieser Zeit gab es in Griechenland keine Wespen. Es gab nur Fliegen, keine einzige Wespe! Die Wespe war das Symbol für Gewissensbisse, und Aristophanes' Helden haben, wie Sie wissen, keine Gewissensbisse. In Europa sind Ackergäule das Symbol für Arbeit, obwohl es sie nicht mehr gibt. Sie werden zugeben müssen, daß man keine sieht. Ich jedenfalls habe nie welche gesehen.» Ich war in einen pedantischen Ton verfallen und, zerstreut wie sie war, rührte sie sich nicht und nickte sogar. Ich war selig.

Jedenfalls mußte ich ihr dieses verhängnisvolle Projekt mit Bonnat ausreden, zumal mir klar war, welchen ständigen Anspielungen ich mich andernfalls aussetzen würde: Würde der Film ein Erfolg werden, hieße es: «Du hättest dich daran beteiligen sollen», würde er ein Flop, käme die Bemerkung: «Wenn du ein wenig großzügiger gewesen wärst, hätte er laufen können.» Wie dem auch sei, ich mußte Bonnat aus Laurences Kopf vertreiben.

«Wissen Sie, ich habe mit Xavier ein paar seltsame Stunden verbracht; er ist ein eigenartiger Bursche, dieser Xavier, kennen Sie ihn gut?»

«Ziemlich gut, ja...» Laurence war jetzt ein wenig unkonzentriert und milde, wie Frauen eben so sind, wenn man ihnen von Männern erzählt, von denen sie einst geliebt wurden, Männer, die sie damals mit Liebesentzug bestraft haben – hart bestraft haben –, denen sie in jener Zeit nicht ein Zehntel der Zärtlichkeit geschenkt hatten, die sie ihnen jetzt, später, schenken, wenn sie sich an sie erinnern.

«Armer Xavier!» sagte sie. «Er war so sentimental... Aber warum eigenartig?»

«Nun ja, er macht sich schreckliche Vorwürfe, daß er Sie mir, dem kleinen Gigolo, damals nicht ausgespannt hat. Er behauptet, wenn er sich damals schneller entschieden, im letzten Augenblick keinen Rückzieher gemacht hätte, daß es ihm dann wahrscheinlich gelungen wäre; ich war wütend!»

«Was?» sagte sie. «Wie bitte?» Sie röchelte fast vor Zorn. «Was heißt hier ‹sich schneller entschieden hätte›? Was soll das heißen? Xavier? Er? Er ist mir fünf Jahre lang nachgelaufen, hat sich mir vor die Füße geworfen. Was meint er mit ‹schneller entschieden hätte›? Hat er das tatsächlich gesagt? Xavier meint also, er habe es zugelassen, daß ich dich heirate?» In ihrer Rage hüpfte sie von einem Bein auf das andere und duzte mich wieder. «Xavier! Sich schneller entschieden!» wiederholte sie wütend. «Xavier, von morgens bis abends wieselte er mir zwischen den Beinen herum, monatelang, klagend und jammernd! Nein so etwas, das ist ja unglaublich! Es ist unglaublich! Das hat er dir erzählt?» Ich befleißigte mich einer ehrlich verschlossenen Miene, was sich eigenartigerweise nicht widerspricht.

«Nein, kein Wort mehr. Vielleicht habe ich ihn mißverstanden. Und daß er von ‹deiner› Liebe statt von ‹seiner› Liebe gesprochen hat, ist doch nicht so schlimm.»

«Doch», schrie sie, «das ist schlimm!»

«Er ist eifersüchtig, das ist alles.»

«Aber er ist doch nicht eifersüchtig auf dich», schrie Laurence wieder, «er ist nicht auf dich eifersüchtig, er ist eifersüchtig auf das gemachte Nest, in das du dich gesetzt hast! Das ist es, was ihm fehlt, nichts anderes, darauf kannst du Gift nehmen, und da er außerdem krankhaft geizig ist, neidet er dir jeden Heller. Weiter ist es nichts, das schwöre ich dir!»

Ich mochte diese Seite von Laurence: ungehemmt, fast nicht mehr Herr ihrer Stimme, Wut in ihrem beinahe vulgären Gesicht. Sie war zum Anbeten schön, wie sie sich bissig, aufgebracht, ungeniert und schroff weigerte, sich selbst so zu sehen, wie sie war und sich dementsprechend zu benehmen. Sie ärgerte sich über sich, da sie sich selbst für unbeeinflußbar hielt, über alles Irdische erhaben, gleichmütig, intellektuell, gebildet, naiv, verträumt et cetera. Mit anderen Worten: Sie wollte sich selbst und andere glauben machen, daß sie das Gegenteil dessen sei, was sie im Grunde war. Und darin scheint mir das größte und am meisten verbreitete Unglück der Menschheit zu liegen: im Selbstbetrug, in der Faszination für das idealisierte Selbstbildnis, das sorgsam gehütet und gepflegt und nur dann zu einer grausamen Gefahr wird, wenn es entlarvt zu werden droht; nicht wie bei mir, der ich mein Selbstbildnis nur in winzigen Details schönen wollte und lediglich ein wenig ernsthafter oder fleißiger, weniger leichtsinnig und ablenkbar erscheinen wollte, ein wenig mehr von diesem und ein wenig mehr von jenem, nichts darüber hinaus. Ich bin mir keiner Eigenschaft und keines Fehlers bewußt, die so auffällig oder unangenehm wären, daß ich sie unbedingt in ihr Gegenteil verkehren wollte. Wirklich nicht. Vielleicht bin ich dafür zu faul oder zu bescheiden, was letztlich verdienstvoll wäre.

Dieser Streit erschöpfte uns beide – besonders jener Fragen wegen, die wir nicht angeschnitten hatten, und weniger wegen dem, was von außen aufgekommen war. Ich ging, mich umzukleiden, zog meinen Anzug aus und band ein Handtuch um; und als ich mich an den Punkt unseres Disputs erinnerte, als ich Laurence das Leben der Insekten erklärte und daß es zu der Zeit Aristophanes' keine Wespen gab, mußte ich lachen: Das würde bei nächster Gelegenheit einen ordentlichen Krach mit dem bedauernswerten Xavier Bonnat geben. Ich freute mich schon darauf, auch wenn ich ihn nicht miterleben würde.

FÜNFTES KAPITEL

Es war drei Uhr vorbei, und um vier mußten wir bei meinem Schwiegervater sein; aber Coriolan hatte gerade angerufen und verlangt: «Ich muß dich unbedingt sofort sehen.» So war ich, ohne Bescheid zu sagen, die Treppen hinunter und bis zum *Lion de Belfort* gelaufen. Coriolan wartete schon auf mich und warf sich mir beinahe in die Arme. In seinem Gesicht spiegelten sich zwei gegensätzliche Emotionen zugleich, die für einen spanischen Granden äußerst selten sind: Genugtuung und Entsetzen. Endlich zog er einen auf mich ausgestellten Scheck über 100000 Francs aus der Tasche, der von der ‹Delta Blues›-Produktionsgesellschaft unterschrieben war.

«Stell dir das vor», brüllte er. «Stell dir das vor! Seit Monaten schulden sie dir das, diese Mistkerle! Gestern bin ich noch mal zu ihm hingegangen, einfach so, auf gut Glück, ich habe getobt, und er hat ihn mir gegeben! Was machen wir nur damit, gütiger Gott?» sagte er entsetzt und blickte sich um.

«Wir werden ihn bestimmt nicht in diesen Blumenkübel einbuddeln: Du wirst ihn bei meiner Bank abgeben, und der Typ hinterm Schalter wird entzückt sein. So! Ich schreibe dir einen Scheck auf deinen Namen aus. Behalte ein wenig Bargeld und hinterlege es in einem Kuvert bei der Concierge am Boulevard Raspail. Ich muß zu meinem Schwiegervater, und Laurence sucht bestimmt schon überall nach mir. Ich rufe dich später an.»

«Warte, so warte doch!» rief Coriolan. «Du mußt den Scheck noch auf der Rückseite unterschreiben.»

Ich unterschrieb hastig und beeilte mich, wieder nach Hause zu kommen. Die Gunst des Schicksals, in deren Genuß wir zuweilen kommen, ließ mich im Treppenhaus eine lächelnde Laurence antreffen.

«Ich war sicher, daß du dein Auto aufheizen würdest!» sagte sie vergnügt. «Ich habe es Odile vorausgesagt, die dich unter deinem Flügel suchte.»

«Das Auto läuft so schön! Ich würde mich zu Tode ärgern, wenn es kaputtginge.»

«Was für ein großes Kind du doch bist! Nun ja, ein Kind, das auf seine Spielsachen achtgibt, wenigstens etwas…»

«Das solltest du deinem Vater erzählen, um ihn zu besänftigen: ‹Vincent gibt auf seine Spielsachen ordentlich acht!›»

Laurence lachte. Das angewärmte Auto lief wie von selbst in Richtung Porte d'Auteuil. An einer roten Ampel musterte mich Laurence von Kopf bis Fuß. «So siehst du schon sehr viel besser aus», sagte sie, da ich ihren Lieblingsanzug trug, einen dunkelblauen mit grauen Nadelstreifen, dazu eine Krawatte in dem gleichen Grau mit blauem Querstreifen, das Blau entsprach selbstverständlich dem des Anzugs. Kurzum, optimistisch betrachtet sah ich aus wie ein junger italienischer Industrieller, dessen Erfolg noch nicht alt war. Wie gesagt, ich scherte mich schon seit sieben Jahren nicht mehr um die Blicke der Leute, aber weiß der Himmel, wie ich anfangs unter diesen Blicken gelitten hatte; wie sehr mich «meine» erste, nun ja «unsere» erste Anprobe gequält hatte: Laurence hatte auf alles geachtet, außer auf meinen männlichen Stolz, aber da sie auch auf die Rechnung geachtet hatte, hielt ich mich nicht allzu lange mit meinem Ärger auf.

Die Residenz ihres Vaters am Bois de Boulogne war im Stil der dreißiger Jahre gebaut. Die großen, rechteckigen kalten Räume hatte er mit Louis Quinze-Möbeln vollgestellt (weniger aus ästhetischen als aus Investitionsgründen, wie er selbst zu sagen pflegte), die, Coriolan zufolge, fast alle echt waren (und Coriolan kannte sich in Antiquitäten genausogut aus wie in der Musik). Er hatte als Zeuge, als mein Zeuge, unserer Hochzeit beigewohnt und deshalb Gelegenheit gehabt, dieses stattliche Haus gründlich zu erforschen. Gegen Abend fand man ihn stockbetrunken mit einer Soubrette in einem Gästezimmer. Das hatte ihn in den Augen meiner Schwiegereltern endgültig diskreditiert, für die es augenscheinlich weniger skandalös gewesen wäre, ihn in den Armen eines Kindes aufzufinden, wenn es nur aus gutem Hause stammte. Ich war außer mir und von diesem Tag an wie er ein Paria, und nur die Tränen meiner Schwiegermutter hatten es verhindert, daß die Hochzeit ihrer einzigen Tochter auf der Polizeiwache endete.

Die Tür wurde uns von einem Fremden in der Livree eines Maître d'hôtel geöffnet, was mich eigenartigerweise weniger überraschte als Laurence, die sofort besorgt ausrief: «Aber was ist aus Thomas geworden?»

«Thomas ist vor zwei Jahren verschieden, Madame. Leider!» verkündete der Butler mit einer traurigen Verbeugung, und Laurence drückte meinen Arm ein wenig fester. «Armer Thomas…» murmelte sie. «Mein lieber, lieber alter Thomas!» Und sie warf mir von der Seite einen Blick zu, einen schmerzlichen Blick.

Wie auf Kommando klapperte ich zweimal melancholisch mit den Augen. Aber schon ließ uns eine fröhliche männliche Stimme aufschauen: Mein Schwiegervater kam uns von der Marmortreppe aus entgegen, seine Hand glitt über das Geländer. Auf der vorletzten Stufe blieb er stehen, da er kleiner war als ich, was ihn schon immer irritiert hatte, und wir traten näher. Zwischen uns beiden wurde die gleiche Art von Blicken gewechselt wie vor acht Jahren, als wir uns mehrmals kurz begegneten; die Blicke zweier Menschen, die plötzlich beide vor einer Karikatur stehen: Für ihn war ich die Karikatur eines überflüssigen Taugenichts, und für mich war er die eines neureichen Schweins. Nach diesem stummen Augenblick des Wiedererkennens tauschten wir ein freundliches Lächeln aus, und Laurence hakte uns mit ihrer gewohnten Anmut unter; sie schaffte es, daß wir uns die Hand schüttelten. Ich drückte die meines Schwiegervaters, und er drückte die meine auf das herzlichste, wir schüttelten uns sogar höchst überflüssig zwei- oder dreimal den Arm und ließen uns wieder los, ohne daß der eine oder andere versucht hätte, sich wegzudrehen.

«Kommt, Kinder, das müssen wir begießen!» sagte mein Schwiegervater leutselig und schob uns in das Zimmer, das er die «Bar» nannte, das fröhlichste Zimmer im ganzen Haus, in dem er die vergoldeten Louis Quinze-Sessel durch bequemere Clubsessel aus Leder hatte ersetzen lassen. Als der Butler die Tür hinter sich geschlossen hatte, sagte Laurence zu ihrem Vater: «Aber Papa, ich wußte nicht, der arme Thomas! Was ist ihm denn passiert?»

«Er ist gestorben, der Gute! Eine furchtbare Sache mit den Nieren. Von einem Tag auf den anderen konnte er nicht einmal mehr ein Tablett tragen, der Arme! Aber Simon ist sehr gut, sehr, sehr gut!» versicherte er beschwichtigend.

Auf diese Grabrede hin setzten wir uns. Die Augen meines Schwiegervaters sezierten mich mit der gleichen Skepsis, die auch ich ihm gegenüber empfand. Er strengte sich an.

«Unglaublich!» rief er aus. «Sieben Jahre ist es her! Ihr habt euch überhaupt nicht verändert, Kinder! Kompliment!»

«Das ist das Glück», sagte Laurence und schlug die Augen nieder. «Und die Ruhe!» fügte ich hinzu. Ich sah, wie mein Schwiegervater rot wurde; Laurence hatte die Bemerkung überhört oder nicht verstanden.

«Weißt du, daß du auch sehr gut aussiehst, Vater! Nach dem, was du gehabt hast, hatte ich Angst, du wärst...»

«Ich bin aus Eisen», sagte er. «Und das muß man sein im Geschäftsleben, glaube mir! Zur Zeit ist Paris kein Vergnügen. Es ist ein ständiger Kampf. Ich freue mich für Sie, daß Sie um alles das herumgekommen sind, mein Lieber», fügte er, an meine Adresse gewandt, hinzu.

«Und ich erst!» antwortete ich in aller Aufrichtigkeit, und diesmal schlug er die Augen nieder.

Der Butler trug eine Flasche Champagner herein und schenkte ihn ein, während mein Schwiegervater nervös mit dem Fuß wippte. Sobald er verschwunden war, bat er Laurence:

«Liebling, kannst du uns allein lassen? Ich muß mit deinem Mann ein Gespräch unter vier Augen führen, Männersache.»

Laurence erhob sich lächelnd: «In Ordnung, aber seid schön brav! Streitet euch nicht. Ich möchte hinter dieser Tür kein lautes Wort hören.» Und sie drehte sich auf dem Absatz um, lächelte uns noch einmal zu, hauchte sogar einen Kuß in unsere Richtung, der einen Augenblick zwischen uns zu schweben schien, und entschwand. Ich vergrub mich in meinem Sessel, während mein Schwiegervater wie üblich begann, vor der Bar auf und ab zu gehen. Leider waren seine Schuhe noch sehr neu, so daß sie ein wenig quietschten.

«Meine Tochter hat Ihnen sicher mitgeteilt, daß ich einen Herzanfall hatte?» Ich schüttelte den Kopf. «Eine banale, aber gleichwohl gefährliche Mißbildung der Aorta.»

Er berichtete darüber wie über eine militärische Ordensverleihung, mit finsterem Stolz, in den sich eine gewisse Rührseligkeit mischte. Ich spürte, daß er zwischen den Möglichkeiten schwankte, sich sentimental über seinen Gesundheitszustand zu verbreiten oder sich weiterhin unangenehm zu gebärden. Ich erleichterte ihm die Wahl.

«Laurence erzählte mir von einer Mißbildung, ohne sie aber näher beschreiben zu wollen», sagte ich mit nachsichtiger und verlegener Miene, was meinen Gesprächspartner erboste.

«An der Aorta! Am Herzen! Ich wäre beinahe gestorben!» Er faßte sich wieder. «Ich habe damals begriffen, daß es mir leid tut, ja, sehr leid tut...» Er streckte die Brust vor und betonte vergnügt jedes einzelne Wort, «daß mir meine Überstrenge euch gegenüber wirklich leid tut.»

«Ach, vergessen wir's!» rief ich. «Vergessen wir alles, was macht das schon! Ich habe es Ihnen nie übelgenommen, wissen Sie. Laurence wird so froh sein...»

Ich stand auf. Er regte sich auf: «Ich bin noch nicht fertig, junger Mann!» – «Vincent!» verbesserte ich trocken. «Es ist besser, Sie nennen mich Vincent.» Bei dieser Bemerkung richtete er sich kerzengerade auf und stellte sich sogar auf die Zehenspitzen.

«Besser? So, so! Und warum?»

«Weil ich so heiße und ich leider nichts mehr von einem jungen Mann an mir habe.»

«Ach so!», und er stand wieder auf seinen Füßen. «Gut, Vincent», sagte er langsam. «Mein lieber Vincent...», er zögerte, als bereite ihm das liebevolle Adjektiv an meinem so verhaßten Vornamen gewisse Sorgen. «Mein lieber Vincent», wiederholte er argwöhnisch, wie jemand, der an einem ungewohnten Bonbon lutscht, «wir müssen reden, und zwar ernsthaft. Machen Sie es sich bequem.»

«Ich sitze sehr bequem. Darf ich rauchen?»

«Aber ja doch, aber ja! Mein lieber Vincent», nun ging es ihm leicht von den Lippen; das Bonbon war bitter, aber eßbar. «Sie sind sich über die Gründe für meine Strenge damals nicht im unklaren; ich wußte, daß Sie begabt sind und wollte, daß Sie sich an die Arbeit machen. Es war bedauerlich mitanzusehen, wie Sie mit meiner Tochter deren Mitgift gedankenlos verschwendeten; sie ist jetzt aufgebraucht, das wissen Sie sicher schon... Laurence ist so gut wie pleite.»

«Pleite?» sagte ich. «Schade! Aber Sie wissen genau, daß ich Laurence nicht wegen ihres Geldes geheiratet habe...»

Er log mir eiskalt ins Gesicht, denn Laurence hatte einen Finanzberater, dessen dröhnende Stimme jedes Vierteljahr am Boulevard Raspail zu hören war und der sich stets in triumphierendem Ton verabschiedete. Außerdem war mir eines klar: Wenn Laurence tatsächlich pleite gewesen wäre, hätte sie es mit der

Angst zu tun bekommen. Er beobachtete mich mißtrauisch.

«Ich weiß», sagte er etwas matt, «deshalb habe ich euch übrigens auch heiraten lassen. Aber ich wußte nicht, daß Sie es ihr eines Tages beweisen könnten.» Ich stellte mich dumm. Er beugte sich vor.

«Ich habe die Zeitungen gelesen, alter Junge! Ich habe mir sogar Ihren Film angesehen! Ich habe Ihre Musik gehört! Außerdem kann man ihr nicht entkommen, dieser Musik! Zugegeben, Kino ist nicht so sehr mein Fall, und mit der Musik verhält es sich ähnlich! Bloß… bloß –» er war fröhlich, nahezu herzlich – «eines kann ich Ihnen sagen, Kleiner, ich mag Musik zwar nicht besonders, aber wenn sie mir eine Million Dollar einbringt, dann werde sogar ich zum Musikliebhaber! Hi! Hi! Hi! Ha! Ha! Ha!» grölte er und schlug mir kräftig auf den Rücken. Und ich lachte mit ihm.

Einerseits machte es mir Spaß. Ich bemühte mich, alles, was er sagte, zu behalten, um es Coriolan Wort für Wort wiedergeben zu können; Laurence war dafür leider die Falsche! Es gab kaum einen Spaß, den ich mit ihr teilen konnte; ihr Sinn für Humor war zu verschieden von dem meinen. Genauer gesagt, ich verstand ihre Scherze nicht, und meine brachten sie zur Verzweiflung. Wie gesagt, einerseits machte mir das alles Spaß, andererseits war ich auch ein wenig erstaunt: Wenn meine Armut damals vor sieben Jahren schon soviel Aufregung verursacht hatte, so schien mein jetziger Reichtum für noch größere Aufregung zu sorgen.

«Und dann», sagte er unvermittelt und überraschte mich mit einem Schlag auf den Rücken – worauf ich mich an meinem Champagner verschluckte, ganz wie in einem Slapstick –, «wird sich euer Leben ganz schön verändern! Denn ich kenne meine Tochter! Das mit dem Taschengeld war sicher nicht besonders lustig, nicht wahr?» (Ein dritter Schlag auf den Rücken stellte mich wieder gerade, hustend und prustend wie ein Trottel.) «Ganz unter uns, mit den Weibern in Paris ist es ganz schön schwierig, wenn man keinen Heller hat. Ach, alter Junge, wenn ich noch so jung wäre wie Sie! Oh, là, là! Ich beneide Sie, mein Alter!» Er holte aus, um mir von Mann zu Mann einen vierten Schlag zu versetzen. Ich wich ihm diesmal rechtzeitig aus, und er stieß gegen die Bar, ohne aber böse zu werden.

«Aber...» sagte ich unter Husten, «hm... was für Frauen? Sie werden doch nicht etwa glauben, daß ich Laurence betrüge?»

Er lachte wieder, ein sattes, schlaues und gewitztes Lachen, vor dem mir graute. Ja, mir graute plötzlich bei dem Gedanken an die fröhlichen Stunden in den Betten der versnobten Freundinnen meiner Frau.

«Ich versichere Ihnen...» begann ich, aber zu meiner großen Überraschung hatte sich meine Stimme vor Wut verändert: Plötzlich sprach ich mit einer Klein-Mädchen-Stimme und brach sofort ab.

«Mit mir nicht, alter Junge! Nicht mit mir!» rief mein Schwiegervater aus. «Nicht mit mir! Laurence ist wie ihre Mutter: schön, intelligent, vornehm, hübsch, Klasse (sie ist ja meine Tochter!), aber sie versteht keinen Spaß. Ach, lieber Freund, mein Leben zu Hause wäre nicht lustig gewesen, wenn ich mir nicht zu helfen gewußt hätte! Nur, ich wußte mir zu helfen. Eines Tages werde ich Ihnen das alles erzählen, wenn wir mehr Ruhe haben!»

Im Überschwang seiner Anzüglichkeiten oder aus lauter Freude über diese nagelneuen Millionen hatte er Kragen und Krawatte gelockert: «Was soll ich Ihnen sagen: Als ich davon erfuhr – von Ihrem hübschen Coup –, habe ich an zwei Dinge gedacht: Entweder bleibt der Bursche bei meiner Tochter, oder er greift sich eine kleine Blonde und verschwindet mit seiner Kohle. Mal sehen...»

«Ich nehme an, Sie scherzen», ich mimte Empörung, «ich hasse kleine Blondinen.»

«Ha! Ha! Ha! Ha! Ha! Ha! Nun, Gott sei Dank, Sie sind geblieben! Im übrigen wären Sie auch nicht weit gekommen – weil ich Laurences Vater bin. Und bei eurer Heirat habe ich einen Vertrag für sie gemacht... beinhart! Ihr lebt in Zugewinngemeinschaft. Sie wissen bestimmt, was das heißt?»

«Nein. Nein...»

Ich betrachtete ihn halb amüsiert, halb angewidert; die Vorstellung, daß sich dieser Mann bei aller Verachtung und all seinem Haß auf mich – überzeugt, wie er war, daß ich ein Blutsauger sei – sieben Jahre lang die kleine Hoffnung bewahrt hatte, mich vielleicht eines Tages als Ausgebeuteten erleben zu können, schien mir phantastisch, von Balzacschem Ausmaß...

«Also», erwiderte ich, «was heißt es?»

Er fing an zu lachen und legte den Arm um meine Schultern: «Das heißt, alter Junge, daß Sie alles, was Sie in den sieben Jahren mit Laurence haben verdienen können, nunmehr mit ihr teilen müssen, das ist alles! Das bedeutet also, wenn Sie so wollen, daß Sie ihr nichts zurückzahlen müssen, daß sie aber von allen Einnahmen die Hälfte erhält.»

Ich zuckte mit den Schultern: «Da ich entschlossen war, ihr sowieso alles zu überlassen...»

Er faßte mich am Arm und flüsterte. «Aber nein doch, das wäre zu dumm! Es gibt nur eines, mein Bester, ihr müßt ein gemeinsames Konto einrichten mit gemeinsamer Unterschrift. Ich will es Ihnen erklären: Laurence möchte nichts von Ihrem Geld, Gott weiß warum! Sie sah immer nur den Pianisten in Ihnen! Ich aber habe ihr gesagt: ‹Erstens, mein liebes Kind, jedem das Seine. Was mich betrifft, so war mir Line Renaud immer lieber als Bach. Geht mich das etwa was an, hm? Zweitens, dieses Geld hat dein Mann verdient; es gehört ihm! Also? Hm?›»

Ich schaute ihn leicht verwirrt an; langsam erkannte ich, daß wir uns in einem Punkt ähnelten, in einem einzigen: Wir hatten beide einen gesunden Menschenverstand, und dies war vielleicht das Schlimmste.

«Drittens: dieses gemeinsame Konto. Allein kann sie nichts abheben. Wenn sie einen Scheck ausschreiben will, müssen Sie ihn gegenzeichnen, da es Ihr Geld ist, es Ihnen gehört! Gut! (Freilich, wenn Sie von Ihrem Geld etwas abheben wollen, muß sie auch unterschreiben, eine reine Formalität!) Sollte sie aber zum Beispiel eines Tages aufwachen und Ihr Geld, mein lieber Vincent, na ja, das heißt die Hälfte davon, in einen dieser superintellektuellen Filme stecken wollen, kann sie es nicht ohne Ihre Unterschrift... Damit gewinnen Sie Zeit, ihr das wieder auszureden. Verstehen Sie? Ich kann nichts dafür. Sie mag zwar meine Tochter sein, aber Leute, die Geld verachten, vertrage ich nicht! In diesem Fall bin ich auf Ihrer Seite. Wenn man an all diese armen Leute denkt, die nichts haben et cetera...»

Ich hörte nicht mehr zu, aber ich muß zugeben, daß mich an seinem Gerede eines doch recht belustigte: Die Vorstellung, wie Laurence an den Schalter geht, beim Bankangestellten Bargeld abheben will, was dieser ohne meine Unterschrift ablehnt, hatte, ich weiß nicht warum, etwas Zufriedenstellendes an sich.

Endlich rief mein Schwiegervater Laurence mit unnötig lauter Stimme herein – sie stand ohnehin hinter der Tür. Sie stritten sich ein wenig, und wir gingen direkt zur Bank. Ich begleitete sie, um dort tausend Unterschriften zu leisten, jedoch immer die gleichen wie Laurence (was mich beruhigte), wobei ich fröhlich war und sie beleidigt. Diese Bankleute waren Meister des Zeremoniells und überschlugen sich in servilen Höflichkeitsbezeugungen, was mich königlich amüsierte.

Es machte mir zwar Spaß, aber wieder einmal hätte ich auf der Hut sein sollen.

Um fünf Uhr waren wir bei der Bank angekommen, aber erst sehr viel später verließen wir sie wieder, trotz der Schalterzeiten, die ich bei solchen Unternehmen für unverrückbar gehalten hatte. Es war fast acht, als wir am Boulevard Raspail ankamen. Laurence hatte während der Fahrt kein einziges Wort gesprochen. Übrigens hatte sie schon eine ganze Weile geschwiegen: genauer gesagt, seit unserer Ankunft bei der Bank, und wenn ihre Gedanken in die gleiche Richtung gingen wie die meinen, konnte ich sie gut verstehen.

Diese nette kleine Szene, die ich mir vorhin ausgedacht hatte – Laurence abgewiesen von einem Kassierer –, nahm in meiner Phantasie beträchtliche Formen an: Sie kommt in ihrem Chanel-Kostüm an (schierer Wahnsinn, aber eben zeitlos), stößt die elektronisch gesicherte Tür der Bank mit einer irritierten Handbewegung auf und geht schnurstracks auf «ihren Schalterbeamten» zu. Wie viele Leute hatte auch Laurence «ihren» Schalterbeamten, «ihren» Friseur, «ihre» Maniküre, «ihren» Notar, «ihren» Steuerbeamten, «ihren» Sachbearbeiter, «ihren» Anwalt, «ihren» Zahnarzt und so weiter. Es gab nur wenige Berufe – Taxifahrer und Café-Kellner gehörten dazu, für diese Leute hegte ich eine gewisse Bewunderung –, die diesem hektischen, stillschweigenden Besitzanspruch entkamen (wobei ich, das muß ich betonen, niemanden in meinen Diensten hatte: «Mein» Schneider war von Laurence ausgewählt worden, der Wirt des *Lion de Belfort* herrschte wirklich über den *Lion de Belfort*, der

Zahnarzt, den ich in den letzten sieben Jahren zweimal aufgesucht hatte, war der von Laurence und so weiter, bis hin zur Hausmeisterin, die ich «die» Concierge oder allenfalls «unsere» Concierge nennen würde). Wenn es vorkam, daß sie einen ihrer Leibeigenen mit ihrer Freundin teilen mußte, zum Beispiel den Friseur oder den Schuhmacher, bediente sie sich wieder wie eine Miteigentümerin seines Familiennamens, «mein» Friseur und «mein» Schuhmacher wurden wieder zu «Monsieur Hulot» und «Monsieur Perrin». Diese kleine monarchistische Angewohnheit fand ich jedoch äußerst verständlich: Gewohnheit ist eine der schlimmsten und heimtückischsten Formen der Besitzgier; für Laurence galt das allemal.

Ich stellte sie mir also in ihrem Chanel-Kostüm vor, wie sie diese Bank betrat, in ihrer üblichen Entschlossenheit auf ihren Schalterbeamten zuging und ihn ansprach: «Wie geht es Ihnen heute, Monsieur Barres? Ich möchte bitte Bargeld abheben, ich bin leider sehr in Eile.»

Gewisse Orte oder Berufe scheinen bei ihren Kundinnen Eile nahezu herauszufordern (Banken zum Beispiel, Schönheitssalons, Autowerkstätten, ganz zu schweigen von den großen Kaufhäusern, die geradezu einen Durchmarsch im Galopp auslösen). «Selbstverständlich, gnädige Frau», antwortet der Schalterbeamte Barras, den ich einmal gesehen habe: Er ist ziemlich groß, blaß, unbehaart, bebrillt und von einer hinterhältigen Schläue.

«Selbstverständlich, Mademoiselle Chat... Verzeihen Sie, Madame Ferzac...» verbessert er sich unverzüglich, als sei er durch ihr Aussehen in die Versuchung geraten, sie mit ihrem Mädchennamen anzusprechen. «Wie darf ich es Ihnen auszahlen?»

«In Fünfhunderter-Scheinen.»

In der Zwischenzeit hat Laurence ihre Handtasche geöffnet, den einen Handschuh abgestreift, ihr Scheckheft gezückt, vielmehr «unser» Scheckheft, und hastig «3000 Francs» gekritzelt sowie nervös und gehetzt unterschrieben. Ich weiß nicht warum, ob bedeutend oder unbedeutend, die meisten Leute unterschreiben ihre Schecks, als fürchteten sie, sich an ihrem Stift zu verbrennen und als verriete eine gewisse Bedächtigkeit beim Vorgang des Unterschreibens mangelhafte Bildung oder völligen Analphabetismus. Kurzum, Laurence hat unterschrieben und ihren Scheck mit einer herrischen Geste ihrem Gegenüber übergeben, der hinter dem Schalter bereits darauf brennt, ihr seine Eilfertigkeit und Kompetenz zu demonstrieren; er nimmt den Scheck entgegen, schaut ihn flüchtig an (flüchtig, da bei der schönen Madame Ferzac Vorsicht selbstverständlich überflüssig ist). Doch siehe da, plötzlich stutzt er und wirft Laurence einen ungläubigen Blick zu, die ihrerseits erstarrt und die Augenbrauen fragend zusammenzieht: Was ist los? «Was ist», fragt sie arrogant und irritiert. «Was ist? Habe ich etwa kein Geld mehr auf diesem Konto?» – Und dabei lacht sie ein wenig ungläubig, das heißt sarkastisch, angesichts dieser Gott sei Dank ganz und gar unwahrscheinlichen Möglichkeit!

«Nein, natürlich nicht, das ist es nicht, Madame Ferzac», sagt der Kassierer lächelnd. «Es ist nur, wissen Sie... Da Sie ein gemeinsames Konto unterhalten, fürchte ich, daß... mit doppelter...»

«Daß was? Ja was denn?»

Laurence wird wütend, hämmert mit den Fingern auf den Holztresen, während der Kassierer verzweifelt die Handflächen nach außen dreht: «Madame, es tut mir leid, ich bin untröstlich... aber, sehen Sie, es handelt sich um ein Spezialkonto, das ist Ihnen doch bekannt, und wir brauchen zusätzlich die Unterschrift von Monsieur Ferzac.»

Laurence ist verblüfft: «Die Unterschrift von Monsieur Ferzac? Die Unterschrift meines Mannes, wollen Sie das sagen? Auf meinen Schecks? Wegen 3000 Francs?»

«Madame Ferzac, es geht nicht um die Summe, es geht ums Prinzip, Sie wissen doch...»

«Nein, ich weiß gar nichts! Jedenfalls wußte ich nicht, daß ich die Unterschrift meines Mannes brauche, um an mein Geld zu kommen! Ich finde das verrückt...» Und so weiter und so fort.

Ich frohlockte bei dem Bild, das ich mir ausmalte: Laurence, knallrot im Gesicht, in ihrem leuchtendrosa Kostüm, ihr gegenüber der rothaarige Kassierer und sein Vorgesetzter, der Bankdirektor, blaulila vor Verlegenheit, mit anderen Worten: eine exquisite monochrome Komposition aus Wut und Würde. Aber meine ausschweifende Phantasie hatte mich vergessen oder vielmehr hinausschieben lassen, daß ich Laurence eine Erklärung schuldig war: Ich mußte sie unbedingt besänftigen, ihre Sorgen beschwichtigen und ihre vielleicht bereits verletzte Eitelkeit wiederherstellen.

Kaum hatten wir die Schwelle der Wohnung überschritten, stürzte sie in ihr Zimmer: «Mein Gott, heute ist Donnerstag der vierte! Heute ist mein Bridgeabend! Entschuldige mich!»

Sie entzog sich. Ich packte sie am Ärmel und hielt sie einen Augenblick lang fest, sie drehte sich zu mir um, ihre Augen glänzten, und sie war übermäßig blaß. «Liebling», sagte ich sanft, «du denkst doch nicht etwa, daß ich von diesem Vertrag auf der Bank Gebrauch machen werde?»

Sie betrachtete mich mit geweiteten Augen: «Ich sehe keinen anderen Weg für dich!»

Lachend ließ ich sie wieder los, und mit einem frostigen Blick verschwand sie in ihr Zimmer und schloß die Tür zu drei Viertel, so daß ich mit ihr sprechen mußte, ohne sie sehen zu können:

«Du kennst mich schlecht. Vielmehr, du kennst mich noch nicht als vermögenden Mann. Ich bin nicht mehr derselbe. Die Leute verändern sich, wenn sie reich werden!»

«Ich pfeife drauf!» Ihr Ton war eisig. «Ich pfeife drauf! Ich habe es dir bereits klar gesagt, von deinem Geld will ich keinen Heller. Außerdem weiß ich nicht, wie du auch nur ein Komma an diesem Vertrag ändern willst!»

Sie war überfordert und hatte auch allen Grund dazu: Sich als Frau, die mich sieben Jahre ernährt hatte, möglicherweise einem Grobian gegenüber zu sehen, war schon eine ziemlich harte Prüfung.

«Liebling, hör mal, ich bin doch nicht plötzlich ein anderer. Hör zu. Morgen gehe ich auf die Bank, und du wirst sehen, daß alles nur ein Scherz war. Glaub mir, sie werden tun, was ich sage.»

«Es würde mich wundern, wenn du sie überzeugen könntest.»

Ich wußte, daß es mir nicht schwerfallen würde, die Bank zu überzeugen, alles auf Laurences Konto zu transferieren, was das einfachste und schließlich das normalste wäre. Sie mußte nur vorher einen Scheck über eine hohe Pauschalsumme für Coriolan unterschreiben, und ich mußte ihr erklären, warum – oder auch nicht –, mir blieben dann immer noch meine Urheberrechte, die ich vorhin bei der Bank nicht erwähnt hatte, sowie die 100000 Francs, die Coriolan ‹Pas un sou› aus der Tasche gezogen hatte: Das sah alles gar nicht so schlecht aus!

«Was wetten wir?» sagte ich. «Wetten wir, daß du morgen wie gewöhnlich deine kleinen Schecks alleine ausstellen wirst, ohne Unterschrift?»

Eine Weile hörte man nichts. Doch im Hinausgehen sagte sie ganz nebenbei: «Aber du wirst die meine brauchen.»

In zwei Minuten hatte sie sich frisch geschminkt, war in etwas Schwarzes geschlüpft und stand nun da wie Justitia oder eine leibhaftige Rachegöttin, was ihr vorzüglich stand und für mich eine Abwechslung zu ihrem ewigen Nörgeln bedeutete. Ich trat einen

Schritt auf sie zu, aber sie wich heftig zurück, hob sogar den Arm vors Gesicht, in Verteidigungshaltung, was mich wunderte, denn ich hatte Laurence niemals geschlagen und kein einziges Mal auch nur daran gedacht.

«Ich bin schon zu spät», zischte sie, «laß mich gehen! Siehst du denn nicht, daß ich zu spät komme?»

Jeden ersten Donnerstag im Monat pflegte sie mit ihren ehemaligen Mitschülerinnen Bridge zu spielen, wobei sie am Ende bestenfalls den horrenden Betrag von hundert Francs verlor oder gewann; ihre übertriebene Eile erstaunte mich.

«Ist ja gut, geh doch!» sagte ich. «Aber setz unser gemeinsames Konto bitte nicht auf einen Großen Schlemm...»

Schon hatte sie die Tür geöffnet, den Aufzug unbenutzt stehenlassen und die Treppe mit Schwung genommen – ich lehnte mich über das Geländer, um ihr nachzuschauen. Sie hob den Kopf aber erst im nächsten Stock und rief mir mit noch blitzenden Augen, aber ein wenig sanfter zu:

«Kannst du mir erklären, wie du morgen diese Bankleute zähmen willst?»

Die Frage war sarkastisch gemeint. Sie spielte die über alles Erhabene, aber ich wußte genau, daß sie sich an dieses Geld, das sie heute noch so sehr verachtete, recht bald gewöhnen würde. Laurence hatte Geld noch nie lange verschmäht.

«Wie ich es anstellen werde?» erwiderte ich, mich ein wenig weiter vorbeugend. «Liebling, nichts einfacher als das. Ich werde alle diese Dollars auf dein eigenes Konto, auf deinen Namen einzahlen. Auf diese Weise wirst du für deine Schecks meine Unterschrift nicht mehr brauchen! Und wenn du dazu Lust hast, stellst du mir von Zeit zu Zeit einen aus.»

Und da ich ihre Neins und ihr Protestgeschrei nicht hören mochte, lief ich rasch in die Wohnung zurück und schlug die Tür hinter mir zu. Trotzdem drang noch ein Ruf aus dem Treppenhaus zu mir, den ich aber eher als einen Ausruf von Überraschung, denn als eine Äußerung von Protest deutete.

SECHSTES KAPITEL

Paris war an diesem Abend, Ende September, unvergleichlich mild. Der Himmel war immer noch von einem harten Blau, marineblau, nachtblau, und breitete sich in seiner ganzen Pracht von Osten nach Westen aus, wenngleich schon ein wenig entrückt und vor allem an den Rändern bereits durchlöchert, konturiert, ausgefranst von kleinen rosafarbenen Wolkenschleiern –, von diesem gewissen Graurosa, Löschpapierrosa, fröstelndem Rosa, das die Lichter der Stadt auf den niedrigen Winterhimmel strahlten – bald würde er vollständig davon überzogen sein. Dieser Abend, obwohl kaum angebrochen, roch nach Kälte, nach Winter, und irgendwo in der Nähe hatte ein Gärtner oder ein Straßenfeger ein Laubfeuer angezündet, ein scharfer und köstlicher Geruch, faulig und kindlich, stieg uns in die Nase und schleuderte uns Erinnerungen an ländliches Leben ins Gesicht, die um so herzzerreißender waren, wenn man sie als Kind niemals erlebt hatte.

Mir war seit meiner Unterhaltung mit Coriolan –

den ich nach Laurences Abgang in unserem Lieblingscafé getroffen hatte – nach poetischen Empfindungen zumute. Ich hatte ihm die Kopie meiner Abmachungen mit der Bank gezeigt, sein Blick streifte mich voll freundlicher Nachsicht und Zuneigung, was mir schon des öfteren aufgefallen war und was mich stets beschämte.

«Aber, jetzt hör doch mal», sagte ich, «Laurence kann mir doch ihre Unterschrift nicht verweigern, wenn ich mein eigenes Geld abheben will? Das ist doch nicht vorstellbar!»

«Es wäre schön, wenn du recht hättest!»

«Aber sie will doch nichts davon!»

«Nein, sie will nichts davon! Vor allem deinetwegen will sie nichts. Dein Geld ist für Laurence gleichbedeutend mit blonden Frauen, Flugtickets für eine Person und die Vorstellung, wie du ohne sie Cha-Cha-Cha in Nachtclubs tanzt. Verstehst du das denn nicht! Sie haßt dieses Geld, und jetzt, wo sie es dir vorenthalten kann...» Er schüttelte den Kopf.

Ich sträubte mich wie ein Schwachkopf: «Alles was recht ist... Sie kann es mir doch nicht verwehren...»

«Sie kann dir sogar dein Zigarettengeld verwehren, wenn sie will!» sagte Coriolan hart. «Versteh doch endlich, es könnte sein, daß du keinen Centime von diesem Geld siehst. Oh, sie haben es schlau angestellt, das muß man ihnen lassen... Kompliment!»

Ich knurrte ungläubig, und die fröhliche Stimme meines Schwiegervaters, Laurences erhobener Arm, als sie offensichtlich Angst hatte, daß ich sie schlagen könnte, kamen mir in den Sinn... Als sie Angst hatte, muß sie angenommen haben, daß ich Grund hätte, sie zu schlagen; und es fiel mir wie Schuppen von den Augen. Trotzdem schien es mir so unglaublich.

«Sie wird doch nicht... Glaubst du...? Immerhin...!»

Coriolan zuckte mit den Schultern, antwortete nicht und wandte das Gesicht ab. Dann reichte er mir die Papiere mit spitzen Fingern zurück, tätschelte meine Schulter und lehnte sich erschöpft und gequält zurück...

«Wie spät ist es?» fragte ich.

«Sag bloß nicht, daß du seelenruhig an den heimischen Herd zurückgehst!» Er war empört.

«Aber was soll ich denn sonst tun?»

«Was bist du bloß für ein Mensch! Aber ich wußte es ja. Nur, diesmal haut es mich um!»

Ich fand ihn seltsam; sollte ich gehen, jetzt, da wir, Coriolan und ich, endlich ein angenehmes und ruhiges Leben haben könnten? Im Gegenteil, es war an der Zeit zu kämpfen, nicht zu fliehen. Ich begriff sehr wohl, was er mir sagen wollte: An meiner Stelle hätte er Sturm geläutet und deutlich gemacht, daß er gehen würde; und wahrscheinlich müßte ich in der Tat ein Zeichen setzen. Ich aber dachte praktisch: Wo sollte ich schlafen? In einem schrecklichen Hotel irgendwo außerhalb, wo ich doch nur 120 Francs bei mir hatte, keinen Pyjama, keine Zahnbürste, nichts? Jetzt, da alle Geschäfte geschlossen waren und mir vor dem Aufwachen in einem miesen herbstlichen Zimmer buchstäblich graute? Nein, ich mußte nach Hause und Laurence zeigen, daß ich ihre miesen verlogenen Machenschaften durchschaute, und die Spielregeln festsetzen, damit sie mich über mein Vermögen verfügen ließ. Das Schwierigste für mich an dieser Sache war, über längere Zeit den Beleidigten zu spielen. Die Laune, das Gefühl, das ich auf Dauer am schlechtesten vortäuschen konnte, war Empörung. Jedenfalls hatte ich es bis jetzt immer ohne Erfolg versucht.

Aber das war Coriolan seit langem klar; er wußte auch, daß es mir nicht gelänge, mit Laurence den großen Krach zu inszenieren, den er an meiner Stelle aufgeführt hätte. Wie immer wußte alle Welt von vornherein und viel früher als ich über mich Bescheid. Und wie immer hielt mich mein voraussagbares und vorherzusehendes Verhalten davon ab, ein anderes auszuprobieren – oder, besser gesagt, es enthob mich der Notwendigkeit, mir etwas anderes auszudenken.

Es kam noch hinzu, daß es mich stärker reizte, Laurence kleinzukriegen als sie zu verlassen. Vor allem wußte ich eines: daß ich sie becircen konnte. Es war nicht vorstellbar, daß sie auf meine Bitte, mir dieses Geld, das ich verdient hatte, freundlicherweise zu überlassen, antworten würde: «Nein, ich behalte es!» Undenkbar, wenn zwei Menschen so lange zusammenleben, miteinander schlafen, sich gegenseitig gesagt haben, daß sie sich lieben. Ein solches Verhalten, ein solcher Zynismus war schlechterdings unmöglich. Und Laurence hielt sich viel darauf zugute, eine moralische Instanz zu sein.

Wenn ich es mir recht überlegte, so hatte ich an jenem Abend nicht die geringste Lust, direkt und ohne Umschweife mit ihr zu reden. Es ging über meine Kräfte. Nein, ich würde in meinem Studio schlafen, und morgen in aller Frühe käme sie in den Genuß einer großartigen Show: Charme und Männlichkeit. Ich betrat also die Wohnung auf Zehenspitzen, stellte erleichtert fest, daß sie noch nicht zurück war – ihre Bridgepartie zog sich oft bis spät in den Abend hin –, und legte mich in meinem Studio ins Bett. Jedenfalls wußte Laurence nicht, daß ich etwas ahnte: Für sie war ich prunksüchtig und dadurch einfältig, ich wollte ihr heimzahlen, was sie mir antat. Im Vergleich zu mir befand sie sich in einer schlechten Position. Mit dem beruhigenden Gedanken, am nächsten Morgen weder Empörung noch Wut vortäuschen zu müssen, schlief ich sehr bald ein.

Mitten in der Nacht wachte ich schweißgebadet auf. Ich wußte nun, wofür ich bestraft worden war: Dafür, daß ich mir, wenn auch nur zehn Minuten lang, eingebildet hatte, mitmischen zu können, zum Clan der Besitzenden zu gehören. Auf der Bank hatte es einen Augenblick gegeben, in dem ich mich, in meinem ach so korrekten Anzug, bei meinem Schwiegervater rehabilitiert, mit Hochachtung von dem Bankier behandelt, in dieser Atmosphäre von Ehrbarkeit, Komfort und augenfälliger Zuverlässigkeit geborgen und wohl gefühlt hatte. Ich wähnte mich auf der Seite der anderen, und als der beleibte Bankier mir die Zinspolitik erklärte, wie er den Grillen unter seinen Bankkunden die Zinsen aus der Tasche zieht, um ihnen im Gegenzug das Geld der Ameisen zu leihen, war mir das beinahe interessant erschienen. Ich hatte mich von Pfeffersäcken einwikkeln lassen, von jenen Leuten, mit denen ich nun seit sieben Jahren verkehrte, ohne jemals das Gefühl entwickelt zu haben, einer der ihren zu sein. Es hatte mich dort erwischt, wo ich gesündigt hatte: beim Zaster – dieses so häßliche Wort, noch viel häßlicher als «Hit» –, an den ich für den flüchtigen Augenblick geglaubt, in dem ich welchen besessen hatte (oder glaubte, ihn zu besitzen), und der im übrigen derselbe war, den ich jetzt verlor.

Mittags ging ich zu Laurence ins Zimmer, die mit einem Tablett auf den Knien in ihrem, das heißt in unserem Bett saß, mit rosigem Teint, brünett und appetitlich. Eine gewisse Reife würde ihr sicher gut stehen: dunkelhaarige, etwas füllige Frauen wie sie gelangen immer erst dann zur vollen Blüte; und einen Moment lang bedauerte ich, daß ich dieses Schauspiel versäumen würde (aber eigentlich hinderte mich ja nichts daran, ihm beizuwohnen). In Wahrheit wußte ich nicht, was ich wollte, daher das definierte und begrenzte Ziel, das ich mir gesetzt hatte. Sie jedenfalls schien sich ihrer selbst recht sicher: «Guten Morgen, Liebling!» sagte sie, die Arme nach mir ausstreckend, und ich legte meinen Kopf auf ihre sanfte, wohlriechende Schulter, deren Berührung und Geruch mir so einladend, so vertraut erschienen, daß ich sie nicht im Dienst einer feindseligen Absicht sehen mochte.

Das alles war nur Dummheit bei ihr, Eitelkeit und Dummheit, und die Furcht, ich könnte verschwinden. Ich suchte, ich hoffte, ich wünschte mir fieberhaft den Beweis, daß meine Frau wirklich dumm sei, noch dümmer, als ich es an manchen Tagen ohnehin bemerkt hatte. Ich richtete mich wieder auf.

«Also, nicht mehr böse? Wie hast du nur glauben können, daß ich dich von einem Kassierer anschnauzen lassen würde?»

Ein begieriger und bestürzender, verächtlicher, besorgter und leidenschaftlicher Ausdruck huschte über ihr Gesicht; sie lächelte traurig, und ich spürte, wie sie im Begriff war, in Selbstmitleid zu verfallen.

«Ich gehe jetzt sofort auf die Bank», sagte ich rasch, stand auf, wollte hinausstürmen, blieb aber abrupt stehen. «Ach, ich vergaß, dir zu sagen, bevor wir dieses Konto auflösen, müssen wir noch einen Scheck gemeinsam ausstellen, einen einzigen. Den einzigen, für den du meine Unterschrift benötigst. Hier, bitte...» Ich reichte ihr einen dieser provisorischen Schecks, die mir die Bank am Vortag ausgehändigt hatte. Laurence nahm ihn und wich zurück, als sie ihn las: «300 000 Francs! Ein Scheck über 300 000 Francs? 300 000 neue Francs?» wiederholte sie und betonte das Wort «neue», als wäre ich eine zerstreute, etwas zurückgebliebene alte Tante aus der Provinz, die in jeder guten Familie verborgen wird.

«Neue, natürlich neue!» bestätigte ich lächelnd,

aber mir war so, als blecke ich beim Lächeln auf grausige Weise die Zähne.

«Und wozu?»

Der ungläubige, belustigte Tonfall in ihrer Stimme zwang mich, noch fröhlicher zu sprechen; und ich sah uns schon wegen dieses unglückseligen Schecks in einen Lachkrampf ausbrechen.

«Für einen Steinway», sagte ich. «Für den neuesten Steinway. Du kannst dir nicht vorstellen, wie er klingt! Ich werde an die zehn Jahre davon geträumt haben», fügte ich hinzu, in der Hoffnung, daß diese gewählte Zeitform sie überzeugen könne. Wie nannte man sie gleich? Ach ja, zweites Futurum! Bezeichnete dieses Tempus «das, wovon man einst mit Vorbedacht geglaubt hatte, es würde in Zukunft werden, also eine optimistische Möglichkeitsform», oder war es nicht vielmehr so, «daß das, was man gestern noch für möglich gehalten hatte, sich heute als süßer Wahn erwies»? Zweites Futurum hin oder her, Sprachspiele waren jetzt nicht angebracht: In Laurences Zügen las ich einen schmerzlich-nachsichtigen Ausdruck, eine ihrer bevorzugten mimischen Cocktails.

«Warum habe ich das nicht mitgeteilt bekommen?» Nebenbei fiel mir die Gewichtigkeit des Infinitivs «bekommen» auf, der mir verheißungsvoller schien als das Perfekt «warum hast du es mir nicht mitgeteilt?». Meine Gedanken liefen kreuz und quer in alle Richtungen, ohne daß es mir gelang, sie zu bändigen.

«Eben wegen des Preises!» erklärte ich. «Ach ja,

du hast ja keinen Stift», sagte ich. «Verzeih!» Ich reichte ihr den meinen mit der zufriedenen Miene desjenigen, der endlich die Gründe für eine unerwartete Verzögerung begreift. Laurence nahm den Füller und las den Scheck zum hundertstenmal. Vergnügt wie ein Storch auf einem Bein, aber ungeduldig stand ich vor dem Bett. Ich rieb mir sogar die Hände, eine Geste, mit der ich meine Selbstsicherheit und Eile unterstreichen wollte. Und plötzlich, von einer Sekunde auf die andere, wußte ich, was Haß ist. Etwas stieg in mir hoch, schlug mir ins Gesicht, daß mir schwindlig wurde. Etwas grub sich in mich ein, und ich fühlte mich zerrissen von zwei widersprüchlichen Antriebskräften: eine, die mich wegzerrte von dieser Person, die mich auf widerliche Weise hinhielt, eine, die mich vorwärtsdrängte, um ihr das Rückgrat zu brechen und sie auf diesem kitschigen Bett zu zertreten, sie zu ersticken. Ich war wie gelähmt, mein Herz klopfte bis zum Hals. Es war kein leichtes, flüchtiges Gefühl, o nein! Meine Arme hingen kraftlos, blutleer, untätig, im mittelalterlichen Sinne entnervt an mir herab; ich verharrte einen kurzen Moment in diesem Zustand, bevor ich wieder Kraft in ihnen spürte und zu mir selbst fand; es fühlte sich an wie ein Kribbeln in den Fingern, wenn sie wieder auftauen, ohne Konsistenz, eine doppelte und falsche, jedenfalls äußerst unangenehme Beziehung zwischen Haut und Fleisch.

Völlig beansprucht, den Gebrauch meiner Sinne wiederzufinden – um einen altmodischen Ausdruck zu gebrauchen, dessen Sinn mir bis dahin verborgen geblieben war und den ich erst jetzt begriff –, so sehr beansprucht, hörte ich kaum das «Nein» von Laurence. Aus Furcht, sie könnte diesen Haß tief in meinem Gesicht sehen, hatte ich mich abgewandt und stand einen Moment lang mit dem Rücken zu ihr, gleichsam resigniert, eine Resignation, wie sie Diplomaten empfinden müssen, wenn trotz all ihrer Bemühungen ein Krieg ausbricht und nur noch ein «das walte Gott» übrigbleibt: Resignation und beinahe auch etwas wie objektive Ungläubigkeit. Wie kam sie dazu, mir zu verbieten, mit meinem selbstverdienten Geld ein Arbeitsinstrument zu kaufen? Danach war ich eher neugierig als wütend, als hätte mir dieser so kurze, aber heftige Anfall von Haß alle Bitterkeit genommen.

«Ich verstehe nicht, was du gegen diesen Pleyel hast...»

Laurences Stimme hatte einen mißbilligenden Beiklang, als wäre sie Pleyels tapfere Witwe, die zwei Hyänen von Käufern die Stirn bot.

«Entschuldige bitte», antwortete ich mit Autorität, «ich frage dich auch nicht, warum du Chanel den Trois Cartiers vorziehst; das kann man nicht erklären.» Ich war die Scharmützel leid und fühlte mich in eine Falle gelockt, als sie mich, das Leintuch tätschelnd, aufforderte: «Vincent, setz dich hierher!»

Vorsichtig setzte ich mich ihr gegenüber und erhaschte den stummen, gefährlichen Blick ihrer schönen, flackernden Augen, die so blind schienen wie manche Autos in der Nacht, ihrer falsch eingestellten Scheinwerfer wegen.

«Vincent, schau mich an, bitte!» Und sie nahm meinen Kopf in ihre Hände, zog ihn zu sich heran und riskierte dabei, gebissen zu werden. Es kostete mich übermenschliche Kraft, es nicht zu tun. Sie spielte falsch. Ihre vorgetäuschte Ehrlichkeit, ihre falsche Offenheit, unsere Einverständnis heuchelnden Blickwechsel, wo wir doch in Wahrheit so meilenweit auseinander waren, das alles verkam zu einer so plumpen und ordinären Komödie, daß ich dieses Spiel zum erstenmal abrupt und schroff abbrach.

«Hör mal, jetzt reicht es! Entweder ich kaufe mir diesen Steinway aus den Tantiemen, oder wir lassen das Thema. In diesem Fall stelle ich, wenn du willst, deinem Vater sofort einen Scheck über die ganze Summe aus.»

«Ich darf es nicht, Vincent!» jammerte sie flehentlich. «Ich darf dich nicht alles mit Gott-weiß-wem verpulvern lassen; und du weißt selbst am besten, daß du nicht den Steinway kaufen, sondern deinen Freunden aus der Klemme helfen möchtest!»

«Und wenn schon?»

Daß sie recht hatte, störte mich nicht im geringsten, daß ich aber ein Recht besaß, mich zu irren, schien mir auf der Hand zu liegen, und daß sie die Unterschrift verweigerte, völlig anormal.

«Das ist es ja! Du wirst bald alles ausgegeben haben! Und naiv wie du bist, würden sich diese Parasiten an dir schadlos halten, und am Ende wärst du verbittert und enttäuscht. Und das, Liebling, nein, ich möchte nicht, daß du verbittert wirst...»

«Das ist doch meine Sache, oder?»

«Außerdem hast du es doch so gewollt, Vincent! Unbewußt wolltest du dich doch von diesen Leuten abschirmen. Du hast doch bei verantwortungsbewußten Personen Schutz gesucht. Denk doch nach! Sonst hättest du doch die Hilfe meines Vaters nicht angenommen.»

«Dein Vater hat mich ganz schön eingewickelt», sagte ich und vermied noch im letzten Moment das Wort «betrogen». Ich fand keine halbwegs dezente Begründung dafür, daß die Tatsache, mein Vermögen mit ihm zu teilen, etwas anderes bedeutete, als daß er mich geprellt hatte. «Er hat mich über die Konsequenzen nicht richtig aufgeklärt», fügte ich hinzu, «auch nicht darüber zum Beispiel, daß ich mir ohne deine Erlaubnis kein Päckchen Zigaretten kaufen kann.»

Hochmütig hob sie den Kopf: «Hast du mich jemals um Erlaubnis bitten müssen, um deine Zigaretten zu kaufen?»

Wenn sie glaubte, mein Taschengeld mit meinen Tantiemen vergleichen zu können… Ich warf ihr einen vielsagenden Blick zu, der sie immerhin erröten ließ.

«Andererseits würden dir jeden Monat die Zinsen aus deinem Kapital zukommen, womit du immer liquide wärst. Dafür unterschreibe ich von vornherein alle Verträge für die Bank.»

«Wenn ich dich richtig verstanden habe, so darf ich die Wucherzinsen deines Bankiers ausgeben, aber nicht die Früchte aus meiner Arbeit. Hervorragend!»

«Liebling», sagte sie zärtlich – und beinahe lächelte sie –, «Liebling, du bist wütend, aber es ist doch für dich, Vincent, das schwöre ich dir! Es ist für dich! Ich werde keinen Franc deines Geldes anrühren, das weißt du doch. Ich hebe es nur für dich auf. Das ist alles: Im übrigen wünschst du es dir doch, ohne dir dessen bewußt zu sein.» (Diese kleine Freudsche Anmerkung war augenscheinlich der letzte Stein des Gebäudes, das sie errichtet hatte, um ihr gutes Gewissen zu schützen: Zwischen gestern abend und heute morgen hatte sie es erstellt, unerschütterlich, mit der unbesiegbaren Macht der Dummheit und der Verlogenheit, die sich in ihrem Fall auch noch mit Besitzgier paarte.)

Ich war dem Kampf gegen so einfache, so starke Gefühle und Wünsche nicht gewachsen, sowenig wie den ungleichen Waffen, die wir benutzten.

«Aber ich denke an dich, Vincent! Stell dir vor, wenn mir ein Unglück geschieht, Liebling...»

«Beschwöre keine Katastrophen herauf, sei so gut», sagte ich mit einem letzten Anflug von Ironie, gerade noch rechtzeitig, bevor sich etwas in meinem Hals verklemmte und mich zwang, fast rücklings, mit hochrotem Kopf, stolpernd unter dem entsetzten Blick meiner liebenden Frau hinauszugehen; mich überkam eine Art nervöser Übelkeit, wie seit ewigen Zeiten nicht mehr, wie seit meiner Jugend nicht mehr, damals hatte ich sie altersgemäßen psychischen Störungen zugeschrieben, Störungen, von denen ich dachte, sie für immer los zu sein.

Ich ging in mein Studio, in mein Refugium, schloß

die Tür hinter mir ab und legte mich auf mein Bett. Sie hatte mich wirklich hereingelegt! Seit sieben Jahren scherte sie sich nicht im mindesten darum, daß sie mich laufend demütigte, sie wollte nur eins: daß ich da sei. Ob ich wütend war, interessierte sie nicht; ich hatte meine Wut zu verbergen. Sie hatte immer davon geträumt, mich in der Hand zu haben und mich dies spüren zu lassen. In ihrer Verbitterung, mich aushalten zu müssen, hatte sie beschlossen, daß ich nur des Geldes wegen bei ihr bleibe, daß ich ihrem Vater, diesem eitlen Schwein, ähnlich sei: mit dem einen Unterschied, daß er ihre arme Mutter ein Leben lang verletzt hatte, während ich nicht in der Lage war, sie zu kränken. Laurence war mit diesem Schlamassel groß geworden und hatte sich eines geschworen: Sie würde sich nicht der Anmaßung und der Rüpelhaftigkeit eines untreuen Ehemannes aussetzen. Mich hatte sie geheiratet, weil sie mich schwach glaubte und sich einbildete, mich daran hindern zu können, sie zu betrügen; sie war immer die Eigentümerin, ich immer das Objekt gewesen; sie hatte mich nie geliebt, sie hatte mich beherrscht. Und was meine Niederlagen betrifft, für die ich mich so sehr geschämt hatte, so hatte sie mich nur deshalb getröstet, weil sie in ihr Konzept paßten; sie wollte gar keinen berühmten Virtuosen, sie hätte es sogar mit allen Mitteln verhindert, auch wenn ich das Talent dazu gehabt hätte.

Was mich traurig stimmte, was mich in meinem zynisch-sentimentalen Kern kränkte, war der Gedanke an jene Augenblicke, in denen ich sie wirklich ein wenig geliebt hatte, in denen ich mich gefreut hatte, sie bei mir und glücklich zu wissen – Augenblicke, die es in Wahrheit niemals gegeben hatte. Im Gegenteil: *Sie* hatte mich hintergangen, *sie* hatte mich ausgenützt, *sie* hatte auf meine Kosten gelebt, von meiner guten Laune, von meinem widerstandsfähigen Naturell, von meiner natürlichen Fröhlichkeit; sie ließ mich nicht aus den Augen, hielt die Zügel ständig angespannt, legte sie keine Sekunde aus der Hand; sie sagte mir tausendmal, daß sie mich liebe, und das aus dem einzigen Grund, weil Liebe für sie eine Prämie, ein Bonus war, während ich es ihr sagte, weil ich daran glaubte, daran glauben wollte.

Und wie grauenhaft langweilig war es doch mit ihr! Mit ihren schrecklichen Freunden, ihrer Aufgeblasenheit, ihrer Härte, ihrer Dummheit, ihrem Snobismus; das alles hatte ich ertragen und mich daher viel zu großer Nachsicht schuldig gemacht, oder, besser gesagt, ich hatte Nachsicht aus Schuldgefühlen heraus geübt; denn ich fühlte mich manchmal bei dem Gedanken schuldig, daß sie mich auf diese Weise aushielt. Schuldgefühle, die mir erspart geblieben wären, wäre sie ein wenig großzügiger, ein wenig delikater und natürlicher damit umgegangen; kurz gesagt: wenn sie mich um meinetwillen geliebt hätte.

Aber jetzt war ich gefangen, ich hatte keine Kraft mehr, ohne Beruf, ohne Freunde und ohne Geld bei Null wieder anzufangen und mich erneut an die Armut zu gewöhnen. Sie hatte mich um die besten Jahre meines Lebens betrogen, als wäre ich die Frau und sie der Mann. Und meine Bettgeschichten änderten daran auch nichts. Sie hatte mich wirklich nur um ihrer selbst willen geliebt. Sie kannte mich nicht, sie interessierte sich nicht für mich; um es mir vor Augen zu führen, brauchte ich nur daran zu denken, mit welcher Beharrlichkeit sie alles an mir korrigierte, was nicht in ihr Bild paßte. Ich schluchzte plötzlich trocken auf und mußte daran denken, daß ich zum erstenmal Laurences wegen weinte, weil ich mich schämte, daß sie mich sosehr zum Narren gehalten hatte.

Mir kam jener Abend auf meinem Bett in den Sinn, als sie das zweite Mal bei mir, in diesem schäbigen Hotelzimmer in der Avenue Coty, wo ich damals wohnte, übernachtet hatte, und wo wir beschlossen hatten zu heiraten. Sie hatte mich nicht gefragt, ob ich sie liebe, sie hatte festgestellt, daß *sie* mich liebe, daß sie mit mir leben wolle und daß ich mit ihr glücklich sein würde. Ich hatte ihr zu bedenken gegeben, daß ich mir meiner Liebe zu ihr nicht sicher sei; das spiele keine Rolle, hatte sie geantwortet, eines Tages würde ich sie schon noch lieben. Sie hatte sogar plump, aber schmeichelhaft hinzugefügt: «Solange du es geschickt vortäuschst, Liebling!» Und erst nachdem wir zusammen geschlafen hatten, hatte ich ihr und mir selbst geglaubt. Jetzt, sieben Jahre später, stand ich da, gefangen, egoistisch, zynisch, unfähig und zudem lächerlich. «Bravo», sagte ich mir, «bravo! Wenigstens gibst du dir Mühe, erstmalig Bilanz zu ziehen, die Situation auf den Punkt zu bringen, zugegeben, das Ergebnis kann sich sehen lassen! Das hast du gut gemacht, lieber Vincent!» Aber was mir mehr Angst machte als die Zukunft, war im nachhinein die Vorstellung, daß ich sieben Jahre lang mit jemandem gelebt, neben jemandem geschlafen hatte, der mich nie geliebt, allenfalls den finstersten Teil der Leidenschaft für mich empfunden hatte – wenn ich ihre störrische Begierde so nennen darf.

In meinem Studio, diesem nur noch vorläufigen Zufluchtsort, wäre ich am liebsten wieder eingeschlafen. Aber es war erst ein Uhr mittags. In einer Stunde hatte ich mehr durchgemacht, mehr psychische und emotionale Schocks erlebt als in einer ganzen Woche. Ich mußte ausgehen, aber wohin? Ich zögerte einen Augenblick lang, den Wagen zu nehmen. Anstatt mich von den Pflichten des Ehemannes befreit zu fühlen, fühlte ich mich um meine Rechte als Gigolo betrogen; mit der Erkenntnis, daß Laurence mich weder je geliebt hatte noch liebte (das heißt, sie liebte mich nicht mehr als jedes beliebige, kräftige, vorzeigbare und gefügige männliche Wesen), hatte ich mich um alle meine Anrechte gebracht. Was sollte ich nun mit mir anfangen? «So tun als ob! Du wirst so tun als ob!» flüsterte mir eine hohe und zur Vorsicht mahnende Stimme zu: «So tun, als ob du nichts verstanden hast, so tun, als ob du lachst, als ob du vergessen hast! So tun als ob! Immer so tun als ob!»

Ich mußte mich um meine Angelegenheiten kümmern; ich mußte ‹Pas un sous› aufsuchen, um mit ihm zu besprechen, wie ich dem Zugriff meines

Schwiegervaters entkommen könnte. In meiner rebellischen Verfassung zog ich meinen neuen Anzug an, den Laurence so haßte, der angeblich so schlecht geschnitten und aus so schlechtem Stoff war, in dem ich so ordinär aussah, und verließ die Wohnung. Im Treppenhaus begegnete ich Odile auf dem Weg nach oben, die mich anstrahlte. Ich strahlte augenzwinkernd zurück und fragte mich, wie Laurence ihr die Geschichte verkaufen würde, welche Version sie ihrer Eitelkeit oder ihrem Moralismus schuldig zu sein glaubte.

Ich ging also ganz allein zu ‹Pas un sous›, da Coriolan am Donnerstag immer die Vertretung eines Buchmachers übernahm. Bei ‹Delta Blues› ließ man mich warten, und da es Bindfäden goß fand ich, daß die Tage zwar vergingen, sich aber nicht wie ein Ei dem anderen glichen, obwohl es das Sprichwort so sagt. Als ich endlich in ‹Pas un sous'› Büro vorgelassen wurde, schien er mir ziemlich übellaunig zu sein.

«Da sind Sie ja!» brummte er. «Sie werden entschuldigen, ich habe den Brief Ihrer Bank erst heute erhalten und noch keine Zeit gehabt, Ihre Abrechnung vorzubereiten.»

«Welchen Brief?»

«Den, den Sie mir gestern haben schicken lassen. Gratuliere! Sie erteilen Vollmachten für Kontoberichte wie Einweisungsbefehle fürs Zuchthaus, Sie sind mir einer! Dem Brief zufolge müßte ich mich wie ein Betrüger fühlen! Nun ja, Ihr Schwiegervater schickt morgen einen Sachverständigen vorbei, der meine Abrechnungen prüft...»

«Ich kann nichts dafür», gestand ich kläglich.

«Also, ich muß schon sagen, Sie haben sich auf der ganzen Linie übers Ohr hauen lassen! Eins steht fest: Von Ihrem Schlager werden Sie keinen einzigen Franc zu sehen bekommen, alter Junge! Keine einzige Kopeke!»

«Ich bin nicht deswegen...»

«Also gut, ich werde Ihnen eins sagen», fuhr ‹Pas un sous› unbeirrt fort, «ich bin der Meinung, es geschieht Ihnen recht! Weil dieser Beruf, das Komponieren, die Hits und all das sowie der Erfolg, nichts für Amateure ist, verstehen Sie! Einen Hit findet man nicht irgendwo auf einem Klavier, eines schönen Morgens und rein zufällig!»

«Aber trotzdem habe ich *Unterm Regen* so und nicht anders geschrieben.»

«Das habe ich auch geglaubt! Das habe ich auch geglaubt! Doch jetzt kenne ich die Geschichte, die wahre Geschichte! Ich habe mit Ihrem Freund Bonnat, dem Regisseur, gegessen; er hat mir alles erzählt!»

«Was hat er Ihnen erzählt...?»

«Nun ja, daß einer seiner Freunde die Grundidee hatte: ‹C, H, A, F› oder so ähnlich, und daß Sie das Arrangement besorgt haben, und zwar schlecht, aber sofort Titelschutz beantragt haben; er hat es aber noch einmal von jemand Drittem aufnehmen lassen müssen, was für Sie von Vorteil war... Gratuliere, alter Junge, bravo!»

Ich stoppte ihn fassungslos... «Das hat Ihnen Bonnat erzählt?»

«Aber sicher», beteuerte ‹Pas un sous› begeistert, «und ich glaube es ihm. Zwischen einem Mann wie Bonnat, der ein Profi ist und seinen Beruf liebt, und einem Typ wie Ihnen, der gerade noch dazu fähig ist, seine Frau oder die Bank vorzuschicken, um seine Forderungen einzutreiben, muß ich mich nicht lange entscheiden, wissen Sie...! Eines muß ich sagen: Ihre Frau hat ihre Sache bestens gelöst. Zugegeben, das muß nicht immer lustig sein, mit einem Gigolo verheiratet zu sein, das muß man doch bedenken...!»

«Also gut», sagte ich mir erschöpft und müde, «ich werde kämpfen müssen...», und ich überlegte, wie ich mich davor drücken könnte; nur, meine Reflexe waren schneller als mein Verstand, und ehe ich mich versah, landete meine Faust zwar nicht präzise auf ‹Pas un sous'› Kinn, dafür aber auf seiner Backe. Er stolperte drei Schritte nach hinten, schrie noch: «Passen Sie auf, he, Vorsicht, Alter! Nehmen Sie sich in acht!» – eine Drohung, die im Moment, da er sie aussprach, schon überholt war – und fiel wie ein nasser Sack auf seinen weichen Teppichboden, der sich somit als nützlich erwies.

«Das wird Sie teuer zu stehen kommen!» brüllte er am Boden liegend und zeigte mit dem Zeigefinger auf mich. «Das wird Sie teuer zu stehen kommen!»

Ich ahmte ihn nach und wies wiederum mit dem Zeigefinger auf ihn, lachte aber nur: «Ich weiß wirklich nicht, was mich teuer zu stehen kommen soll...?»

Beim Hinausgehen bemerkte ich noch die entzückten Blicke seiner Angestellten, die für das K. o.

recht dankbar waren. Die Tür zu diesem Büro war für immer für mich geschlossen. Ich weiß nicht, warum ich mir eingebildet hatte, von Zeit zu Zeit wie ein ganz normaler Mensch dort aufkreuzen zu können, um meine Geschäfte und Vorhaben zu bereden... Ein Büro! Fast hätte ich ein Büro gehabt...! Wie war ich nur auf den Gedanken gekommen! Klopfenden Herzens setzte ich mich nach diesem kleinen Wutanfall erst einmal in ein Café und bestellte mir, wie ein großer Junge, einen Whisky. Ich durfte keinesfalls vergessen, Xavier Bonnat eins auf die Mütze zu geben, wenn ich ihn träfe... Aber auch in diesem Punkt mißtraute ich mir; meine Rachegefühle verflogen genauso schnell wie meine Wutanfälle, und bereits jetzt bedauerte ich den armen ‹Pas un sou›, dem mein Schwiegervater die Gerichtsvollzieher auf den Hals gehetzt hatte; und Xavier Bonnat, den das Scheitern seiner finanziellen Pläne zu solch erbärmlichen Lügen zwang, tat mir auch schon fast leid. Doch es half alles nichts... Schlag auf Schlag verdüsterte sich mein Schicksal. Ich hob die Hand und rief den Kellner. Der zweite Whisky schmeckte schlechter als der dritte, und dieser wiederum schlechter als der vierte und so weiter und so fort. Kurz und gut, um vier Uhr nachmittags saß ich stockbetrunken und recht zufrieden auf der Terrasse des *Fouquet's*. Ich mußte aufpassen und durfte nicht nach Hause gehen; wenn ich getrunken hatte, wurde ich immer ganz weich und schmiegsam, und ich sah mich schon in trunkenem Vergessen zärtlich in Laurences Arme sinken. (Und irgend etwas warnte mich davor.) Ich hätte Coriolan in seiner Kneipe besuchen können, daß ich aber noch nie dort gewesen war, zeigte, daß ihm nicht daran gelegen war. So, nun… ja, meine Güte, nun… stand ich auf der Straße, ohne Freunde – Laurence hatte sie alle vertrieben –, weder Männer noch Frauen. Als einziges Kind, und da meine Eltern gestorben waren, hatte ich auch keine Familie, bei der ich Zuflucht hätte finden können. Gut, irgendwo gab es noch ein paar verrückte Geliebte, meist Freundinnen von Laurence, aber diese Geschichten waren bereits zwei oder drei Jahre alt, da es Laurence gelungen war, mir den Geschmack an Liebesabenteuern zu vermiesen. Also blieb mir nur noch das Spiel, aber keiner würde mir eine anständige Summe auf einen unrechtmäßig ausgestellten Scheck leihen. Mein Geld reichte gerade, um den Whisky zu bezahlen. Dann war Schluß. Ich beglich also die Rechnung, hinterließ großzügiges Trinkgeld und entdeckte dabei, zu meiner großen Überraschung, tief in meiner Tasche vergraben 1500 Francs – in Coriolans Briefkuvert –, die noch von dem Tag stammten, als ich zum ersten und einzigen Mal reich gewesen war. Ja, einen ganzen Tag lang war ich reich gewesen! Das kann nicht jeder von sich behaupten, auch wenn ich keine Zeit gehabt hatte, meinen Reichtum zu genießen. Ich stand vorsichtig auf und stellte fest, daß mein Körper den Alkohol immer noch gut vertrug; ich lief zwar gerade, hielt aber meinen Kopf ein wenig schief wie ein echter Al Capone; es fehlte mir nur noch der Hut: Ich kaufte mir einen im erstbesten Laden, womit meine Barschaft auf 700 Francs schrumpfte, und kehrte an meinen Tisch im *Fouquet's* zurück. Ausgeschlossen, mit diesen 700 Francs nach Hause zu gehen: Ich war sicher, daß Laurence oder ihr Vater sie mir aus der Tasche reißen würden. «Nein, diesmal werden sie mich nicht übers Ohr hauen», murmelte ich, «das wäre zu einfach! Nein, diesmal nicht!» Ich blickte mich vergeblich nach meinem Auto um, entdeckte aber in der gleichen Richtung ein ganz reizendes sogenanntes Freudenmädchen. Da ich leicht betrunken war, signalisierte ich ihr mein Angebot, noch bevor sie mir ihren Tarif zu verstehen gab.

«Ich habe 700 Francs», erklärte ich ihr, als ich mich an sie heranmachte.

«Das trifft sich gut, ich habe sie nicht», antwortete sie recht freundlich, und ich folgte ihr.

Ich verbrachte mit Jeannine zwei sehr angenehme Stunden. Da Laurence vieles verweigerte, hatte ich die Freuden gewisser sexueller Freizügigkeiten beinahe vergessen und entdeckte sie mit Vergnügen wieder, schöpfte sogar einigen Trost daraus. Daß Laurence mir diese Freizügigkeit nicht gestattet hatte, bedeutete, daß auch ich nicht imstande gewesen war, sie in gewisse Geheimnisse der Erotik einzuweihen... Durch den Alkohol beschwingt, überschüttete ich meine Gefährtin mit Zärtlichkeiten, die sie gutgelaunt ertrug. Ich bedauerte sogar, sie verlassen zu müssen, da ich, im Gegensatz zu vielen anderen, von Sex nie depressiv wurde. Dieses dunkle kleine Zimmer mit dem braunen Teppichboden, den grünen Vorhängen mit dem bunten, anmutigen Blumenmuster, dem mit dem gleichen Stoff bezogenen Paravent schien mir, wenn schon nicht eleganter, so doch zumindest gemütlicher als der Boulevard Raspail. Aber ich mußte wohl oder übel gehen, Jeannine verlassen, mein Auto wiederfinden, was mich unendlich viel Zeit kostete.

Coriolan schloß seinen Kiosk um sechs Uhr, ich parkte ein wenig zu früh davor. Er kam auf die Minute pünktlich, und ich trat ein paarmal auf das Gaspedal; meinen Hut hatte ich mir schräg übers Gesicht geschoben, und Coriolan hob erstaunt die Augenbrauen, als er sich zum Fenster hinunterbeugte und fragte:

«Was ist das für ein Theater?»

«Ich bin Al Capone!» sagte ich. «Aber das siehst du erst, wenn ich stehe!»

«Du bist völlig betrunken!» stellte er fest und setzte sich trotzdem neben mich auf den Todessitz.

Ich war schon nicht mehr ganz so betrunken. Ich begleitete ihn in den *Lion de Belfort* und trank gerade so viel, wie ich brauchte, um diesen beseligten Zustand wiederherzustellen. Coriolan lachte gezwungen: Er habe eine schlechte Nachricht für mich, sagte er, aber meiner Weigerung, ihm zuzuhören, gab er nach und schloß sich meinen Scherzen an, denn er war ein echter Freund, dieser Coriolan! Außerdem hatte ich jetzt auch noch Jeannine als Freundin, was mir sehr wohl tat. Es gab aber auch noch den Wirt des Cafés, Serge, ein richtiger Kumpel, sowie den Butler meines Schwiegervaters, den guten

Thomas, der aber leider tot war! Ich erinnerte mich an den Nachruf seines Exarbeitgebers und erzählte es Coriolan begeistert. Und anschließend folgten die kleinen Sottisen, die ich, kleiner Schlaumeier, der ich war, meinem Schwiegervater an den Kopf geworfen hatte, bevor ich mich wie ein Idiot von ihm hatte ausnehmen lassen. Hier hatte ich mit meinen Geschichten Erfolg und erntete im ganzen Café aufrichtige Begeisterung, wenigstens bei den vier anspruchslosen Stammgaffern. So war ich also gegen Abend wieder getröstet und so gar nicht bereit, nach Hause zu gehen, das heißt zu Laurence.

«Weißt du», gestand ich Coriolan, «sie liebt mich nicht! Sie hat mich nie geliebt!»

Coriolan hatte eine gute Eigenschaft: Er ließ sich nicht zu Sprüchen hinreißen wie «Das habe ich dir doch schon immer gesagt!», obwohl er in meinem Fall mehr als einmal dazu Gelegenheit gehabt hätte.

«Sie besteht auf dir», sagte er, «das ist etwas anderes.»

«Erinnerst du dich, als...» begann ich. Und mir kam in diesem Zusammenhang das Angebot eines Musikjournals in den Sinn, das mich vor drei Jahren um meine Mitarbeit gebeten hatte, die ich aber ablehnen mußte. Ich hätte dabei gewiß kein Vermögen verdient, aber die Möglichkeit gehabt, finanziell selbständig zu sein.

«Du weißt doch noch», betonte ich, um seinem Gedächtnis auf die Sprünge zu helfen, «daß Laurence damals alles unternommen hat, um mich daran zu hindern.»

«Was hat sie getan?» fragte Coriolan, der nach ein paar Gläsern allmählich bereit war, sich meine Geschichten anzuhören.

«Die Blinddarmentzündung! Erinnerst du dich nicht an die Blinddarmentzündung? Als ich im Begriff war, den Job anzunehmen, bekam sie eine Blinddarmentzündung und anschließend eine Bauchfellentzündung. Ich mußte sogar bei ihr im Krankenhaus schlafen. Und kaum war die Stelle von jemand anderem besetzt, stand sie, hopp, wie durch ein Wunder wieder gesund und munter auf.»

Ich fürchtete damals um ihr Leben. Ich nahm meine Trauer um sie bereits vorweg. Ich erinnere mich, daß mir die Vorstellung ihres Todes nicht die geringste Erleichterung verschafft hatte, und trotzdem…! Damals wollte sie um keinen Preis, daß ich arbeite, und heute warf sie mir vor, es nicht zu tun, das war doch eigentlich unerhört!

«Soll ich mir Arbeit suchen?» fragte ich in die Runde.

Coriolan betrachtete seine Hände von allen Seiten mit einer Miene, als gehe ihm etwas anderes durch den Kopf. Ich schüttelte ihn: «Na, was sagst du dazu?»

«Ach, weißt du, im Augenblick ist die Arbeitslosigkeit sehr groß», murmelte er, «ohne Beziehungen hast du kaum eine Chance, etwas zu finden.»

«Ich kann es trotzdem versuchen!»

Das war doch keine dumme Idee! Was hätte Laurence dagegen einwenden können, wenn ich morgens aufstünde und meinen Tag mit Arbeit verbringen würde? Doch womit sollte sie sich von morgens bis abends beschäftigen, wenn sie ihr Spielzeug entbehren müßte? Andererseits hätte das Spielzeug Vincent große Schwierigkeiten, früh morgens aufzustehen; diese Kleinigkeit durfte man dabei nicht außer acht lassen.

«Hör dir jetzt die schlechte Nachricht an, von der ich vorhin gesprochen habe», sagte Coriolan. «Gestern war ich mit dem Agentenvertrag, den wir geschlossen haben, bei ‹Pas un sous›. Er hat mich schallend ausgelacht! Fünfundzwanzig Prozent sind illegal. Angeblich kann man deswegen hinter Gitter kommen. Jetzt kann ich nicht einmal mehr auf zehn Prozent zurückgehen, weil er doch die ursprüngliche Abmachung besitzt und mich damit in der Hand hat. Er hat mir aber geschworen, mich nicht anzuzeigen.»

«So weit, so gut. Übrigens, ich habe ihm heute eine Tracht Prügel verpaßt, diesem ‹Pas un sou›!»

Die Gäste, die sich bei unserer Alleinunterhaltung abgewendet hatten, horchten bei diesem Satz wieder auf; ich berichtete in schwärmerischer Ausführlichkeit, im Detail mehr oder weniger exakt, von meiner Prügelei mit dem armen Geschäftsführer von ‹Delta Blues› und schloß meine Rede mit dem rührseligen Satz: «Und danach habe ich Jeannine aufgesucht, um diesen Tag in Schönheit zu beenden.»

Ich hatte vollkommen vergessen, wie abwechslungsreich doch das Leben in den Straßen von Paris sein konnte. In den letzten sieben Jahren hatte ich mich zurückgezogen, weil Laurence unter meinen

Abwesenheiten litt, weil Laurence ohne ihr großes Spielzeug nicht auskommen mochte. (Betrunken wie ich war, erschien mir dieser Ausdruck unglaublich witzig.) Coriolans Scheitern war mir in diesem Moment völlig gleichgültig; in dieser Situation waren es nicht fünfundzwanzig und nicht zehn Prozent aus meinem Gewinn, die uns die Freiheit oder den Luxus zurückgeben konnten.

«Das müssen wir begießen!» erklärte ich. «Meine Herren, die nächste Runde geht auf mich.»

Erst jetzt fiel mir ein, daß ich Jeannine den Rest meines Geldes gegeben hatte. Das Leben auf der Straße war ruinös und amüsant zugleich. Gott sei Dank paßte aber Coriolan auf uns auf; von der gestrigen Summe hatte er 5000 Francs für alle Fälle einbehalten. Ich rieb mir die Hände:

«So bleiben uns also immerhin noch ungefähr 100 000 Francs übrig.»

«Ja, so ist es!»

«Bestens, dann werden wir sie auf den Kopf hauen, alter Junge! Morgen gehen wir nach Evry!»

«Longchamp!» verbesserte Coriolan streng. «Longchamp findet am Montag statt.» (Seine Augen leuchteten.)

«Was möchten die Herren trinken?» fragte ich – und damit begruben wir unsere kurze Laufbahn als Komponist und Impresario endgültig.

Ich kam betrunken nach Hause. Den Weg in mein Studio schaffte ich, trotz der Dunkelheit und der Stille in der Wohnung, ohne allzu häufig irgendwo anzustoßen, außer gegen den brandneuen riesigen

Steinway, der, ohne mein Wissen, plötzlich dastand. Ich war zwar spontan entzückt darüber, ärgerte mich aber trotzdem. Auch die Schönheit des Instruments verführte mich nicht, es auszuprobieren, und ich begnügte mich damit, die Tasten zu berühren. Morgen früh wollte ich, ohne anzuklopfen, ins eheliche Schlafzimmer gehen und Laurence den Unterschied zwischen einem Flügel, den man sich wünscht, und einem, den man bewilligt bekommt, deutlich machen.

Nach dem Aufwachen begab ich mich auch gleich zu ihr, sie war aber bereits ausgegangen. Die folgenden Stunden verbrachte ich also damit, den neuen Flügel auszuprobieren. Alles klang großartiger, subtiler, differenzierter; Stücke entfalteten sich wie von selbst und gingen mir leicht von der Hand, Beethoven, den ich nur anspielte, Fats Waller, dem ich mich um so ausführlicher widmete, alles klang strahlend und wie neu. Zwei Stunden später fühlte ich mich wieder wie ein Mann, wie ein junger Mann, der verrückt war nach Musik; ich war wieder der freundliche Vincent, endlich wieder mit mir im reinen. Schlimmer noch: Ich war glücklich, wenngleich gegen meinen Willen.

Es war wohl das erste Mal in meinem Leben, daß mir Freude oder Glück ungelegen kam. In den sieben Jahren war mir der Geschmack am Zufall abhanden gekommen, dafür aber hatte sich die Lust, in Fesseln geführt zu werden, stärker entwickelt. Ich hatte Eigenschaften wie Fröhlichkeit, Vertrauen und Leichtigkeit des Seins verloren, von denen ich jedoch sicher war, sie einst besessen zu haben; es waren intuitive Fähigkeiten gewesen, die Schritt für Schritt von anderen überlagert wurden, und nun in Zurückhaltung, Ironie und Gleichgültigkeit umgeschlagen waren. Mit Hilfe dieser drei nützlichen Eigenschaften war ich aber nun gut gewappnet, um Laurences Plänen zu begegnen, zu deren Durchsetzung sie ihre angeborenen Fähigkeiten, Eitelkeit, Egoismus und Mißtrauen einsetzen würde, die in ihrer Wirkung von ihrer schrecklichen, ihrer unbändigen Besitzgier verzehnfacht wurden, die mir leider abging. Ich hatte nur den einen Wunsch: ihr zu entkommen! Doch dafür fehlten mir die Mittel... Auf jeden Fall würde dieser Kampf mit ungleichen Waffen geführt werden, weil mir der Einsatz meiner schwersten Geschütze ebensowenig behagte, wie es mir behagte einzugestehen, daß all meine Liebenwürdigkeit umsonst war. Ein Kampf ist ungleich, sobald sich einer der Kämpfer zwangsläufig selbst verletzt.

Meine düsteren Gedankengänge wurden von einem fröhlichen Geklapper im Nebenzimmer jäh unterbrochen: Es war Odile, die energisch an der elektrischen Schreibmaschine zugange war, um ihre Post, besser gesagt, meine Briefe zu beantworten.

«Guten Morgen!» sagte ich fröhlich. «Wußten Sie schon, meine liebe Odile, daß Sie mir von nun an weder Respekt noch Schreibarbeiten schulden? Ich habe Laurence mein ganzes Vermögen und meine Urheberrechte übertragen; in Zukunft werden Sie sich mit ihr gemeinsam um deren Verwaltung kümmern.»

«Wie bitte? Was sagen Sie da?»

Odiles Stimme klang scharf, laut und hart, besonders für jemanden, der am Abend zuvor zuviel getrunken hatte. Ich fuhr mir mit der Hand über die Stirn, als sie ausrief:

«Das kann doch nicht wahr sein? Sie machen Witze!»

Sie wirkte wie vom Donner gerührt. Worauf ich ihr in feierlichem Ton entgegnete:

«Das ist doch das mindeste, was man von mir erwarten kann, Odile, überlegen Sie doch... denken Sie daran, wieviel ich meine Frau in den sieben Jahren gekostet habe.»

Odile wurde rot; mit einem schulmeisterlichen und pedantischen Ausdruck in der Stimme, den ich an ihr nicht kannte, wies sie mit dem Bleistift auf mich und sagte:

«Persönlich gesehen weiß ich nicht, was Sie Laurence schuldig sind, aber in finanzieller Hinsicht, vorausgesetzt, Sie haben tatsächlich eine Million Dollar verdient, wie Laurence mir sagte...»

«Es stimmt», sagte ich betrübt, «es sind eine Million Dollar!»

«Das heißt also, daß Sie ihr umgerechnet rund 70000 Francs im Monat zurückzahlen. Sie aber haben Laurence niemals 70000 Francs gekostet.»

«Wie meinen Sie das?»

Zum erstenmal, seit ich sie kannte, wirkte sie vollkommen selbstsicher und klug.

«Nun lassen Sie uns mal rechnen. Wenn wir den Dollar mit sechs Francs ansetzen, so ergibt eine Million Dollar sechs Millionen neue Francs. Teile ich diese Summe durch sieben, wegen der sieben Jahre, kommen mehr als 850000 Francs im Jahr heraus, teile ich diese wiederum durch zwölf, kommen wir ungefähr auf einen Betrag von 70000 Francs im Monat! Ich kann aber nicht glauben, daß Sie soviel ausgegeben haben und erst recht nicht, daß Laurence sie für Ihre monatlichen Unkosten aufgewendet hat. Nie und nimmer.»

Ich mußte lachen; ich war auf alles gefaßt gewesen, nur darauf nicht.

«Darüber hatte ich mir noch keine Gedanken gemacht, aber Sie haben recht. Was glauben Sie, habe ich Laurence jeden Monat gekostet? Nur so ungefähr!»

«Viel weniger. Weitaus weniger!» sagte sie völlig ernst. «Soll ich es überschlagen?»

Und schon hatte sie den Rechner gezückt, doch ich unterbrach sie mit einer Handbewegung.

«Nein, bitte nicht, ich habe doch nur Spaß gemacht! Glauben Sie mir, es war nur ein Spaß! Jedenfalls bin ich begeistert, Odile! Das beweist mir, daß Laurence nicht nur Glück in der Ehe hatte, sondern darüber hinaus ein gutes Geschäft gemacht hat! Um so besser! Wenigstens einmal gelte ich als gute Investition...»

Odile wiegte den Kopf, hin- und hergerissen zwischen Verlegenheit und Furcht, wie mir schien.

«Vincent, ich habe Ihnen das aus Freundschaft gesagt... um...»

«Das ist sehr lieb von Ihnen, meine kleine Odile,

ich danke Ihnen tausendmal. Laurence wird selbstverständlich kein Wort von mir erfahren. Im äußersten Notfall behaupte ich, daß diese Zahlen von mir stammen!»

Es herrschte ein kurzes Schweigen, und dann gab sie sich einen Ruck: «Wissen Sie, Vincent, ich möchte Ihnen etwas sagen... Laurence ist wie alle Frauen. Ihr wäre ein von Ihnen ausgesuchtes Geschenk tausendmal lieber als der unfreundliche Akt, ein Bankkonto zu eröffnen. Alle Frauen sind diesbezüglich gleich, das dürfen Sie mir glauben!»

«Nein, meine nicht! Nicht Laurence! Ich habe eine Ausnahme geheiratet», korrigierte ich Odile in der uneigennützigen Hoffnung, die Mehrzahl der Unterhalt zahlenden Ehefrauen möge ihre mittellosen Männer lieben und aushalten, ohne sie jedoch an ihr Zuhause anzubinden.

«Warum haben Sie beide denn keine Kinder bekommen?» fragte Odile noch, als ich schon durch die Tür trat.

Ich antwortete ihr nicht. Gestern noch hätte ich gesagt: «Wir überlegen es uns»; aber inzwischen wußte ich, daß Kinder nicht zur Diskussion standen. Sie hatten nie zur Diskussion gestanden. Vielleicht hatte Laurence daran gedacht, aber beschlossen, sich kein zweites Spielzeug zuzulegen, und wenn es auch noch so klein wäre, mit dem großen war sie ausreichend beschäftigt. Sie hatte sich wahrscheinlich überlegt, daß das kleine so niedlich geworden wäre, daß das große Spielzeug in seiner Begeisterung darüber wohl einen Moment seine Aufmerksamkeit von ihrer hübschen Person abgezogen hätte. Und außerdem, in ihren Kreisen pflegte man keine Kinder mit Besitzlosen zu zeugen; alles hat seine Grenzen, selbst die Mesalliance. Und so verzichtet man eben unter gewissen Umständen auch auf Kinder.

Odiles buchhalterische, aber sicher zutreffende Berechnung beschäftigte mich noch eine Weile; Laurence war mit der Heirat auf den ersten Blick zwar ein riskantes Geschäft eingegangen, es hatte sich aber als profitabel erwiesen. Rein rechnerisch betrachtet aß ich wenig, war ein eher genügsamer Mensch, schlank und daher leicht einzukleiden. Es hatte freilich auch teure Anschaffungen gegeben, das Auto zum Beispiel, die goldenen Manschettenknöpfe (vier Paar, die wohl einiges gekostet hatten). Sogar ein Fotoapparat war für mich angeschafft worden, der inzwischen veraltet, aber durchaus noch gebrauchsfähig war. Mehr kam nicht zusammen. Und das Taschengeld wog auf ihrer Waagschale gewiß nicht besonders schwer. «Wie schrecklich! Wie ekelhaft dieses Kalkulieren, dieses Aufrechnen! Selbst im Spaß! Was für ein schlechter Geschmack! Wozu...» fuhr es mir durch den Kopf. Auch wenn es ihre Schuld war, auch wenn sie für all das verantwortlich war, weigerte ich mich, mich auf dieses gewöhnliche Niveau herabzubegeben. Ich mußte mich ein für allemal trennen von dieser für uns beide zu kleinen Wohnung, von dem Zimmer, in dem ich mich so häufig von ihrer Liebe erstickt gefühlt hatte, von all den Räumen, in denen die Gesichter und die Fensterläden gleichermaßen verschlossen waren. Wie einsam war ich doch in diesen sieben Jahren hier gewesen. Einsam, ja einsam! Wir hatten nie miteinander gelacht, nie einen nur annähernd gemeinsamen Gedanken geteilt. Das einzige, was wir zusammen getan hatten, war, Lustschreie von uns zu geben, und die auch noch zu unterschiedlichen Zeiten... Ich schlug mit dem Kopf gegen die Wand, um mich zu bestrafen, um diese bittere, elende Stimme in mir, die für mich sprach und dachte, zum Schweigen zu bringen, es war eine lautlose, gleichwohl nicht zu unterdrückende Stimme.

Als ich wenig später aufwachte, bemerkte ich zu gleicher Zeit, daß es Mittag war und ich vergessen hatte, meine Uhr in meine Inventur mitaufzunehmen (eine Uhr, die aus einem Laden an der Place Vendôme stammte; wie undankbar von mir!). Es war also Mittag, gegen drei Uhr wollte ich zum Rennen aufbrechen und gegen sieben wieder zurücksein. Es war jetzt wieder einmal «ein Uhr» oder auch eine andere Uhrzeit. Aber mein Zeitgefühl war nach sieben Jahren zurückgekehrt. Diese endlose Zeit mit Laurence, die ohne Einteilungen blieb, die sich nicht in Stunden, Minuten und Sekunden aufteilen ließ – diese tote Zeit –, sie strukturierte sich erneut, und mein wiedererwachtes Interesse an den sich drehenden Uhrzeigern erschien mir als ein Zeichen für meine Rückkehr ins Reich der Lebenden. Es war ein Zeitabschnitt von sieben Jahren, der, einem Alptraum gleich, verflogen war.

Aus Odiles Radio erklang wieder einmal mein

Lied *Unterm Regen*, aber mir fiel ein, daß es mir ja gar nicht mehr gehörte, daß Xavier Bonnat der Autor war, daß ich mir die Urheberschaft fälschlicherweise zuschrieb und das Thema willkürlich zum Schlechteren hin verändert hatte... O ja! Der liebe Xavier konnte darauf bauen, bei der nächsten Begegnung meine Faust in seinem Gesicht zu spüren. Das stand fest. Diese Perspektive begeisterte mich so lange, bis ich begriff, daß dies meine Rückkehr zu Laurence voraussetzte; aber ich konnte doch nicht einfach dableiben, nach all dem, was sie mir zugefügt hatte! Trotzdem! Leider hatte dieses «trotzdem» nie großen Einfluß auf meinen Verstand und noch weniger auf mein Handeln: Mein Abitur hatte ich «trotzdem» bestanden, «trotzdem» war ich auf das Konservatorium aufgenommen worden, Laurence hatte mich «trotzdem» geheiratet. Alle diese «trotzdem» gingen immer von den anderen aus, von meinen Lehrern oder von Frauen, und bedeuteten allzu häufig «gegen», «gegen Vincents Absicht»! Andererseits war *trotz allem* ich es, der den braunen Al Capone-Anzug trug und mit Coriolan telefonierte. Eine Stunde später saßen wir im Auto auf dem Weg nach Longchamp, nicht ohne vorher bei der Bank vorbeizufahren, um einen Teil meines Vermögens abzuheben und miteinander zu teilen. Wir waren nicht wenig stolz, zumal wir noch nie einen so hohen Wetteinsatz gehabt hatten.

Das Wetter war schön, und Longchamp war so prächtig wie eh und je. In den ganzen sieben Jahren war ich nur dreimal dort gewesen: Das erste Mal mit Laurence, die den mondänen Rummel auf dem Arc de Triomphe-Rennen liebte, aber durch mein dreistündiges Verschwinden gleich nach unserer Ankunft den Geschmack am Renngeschehen verloren hatte, das zweite Mal, als sie, wegen ihrer Blinddarmoperation knapp dem Tode entkommen, das Bett hatte hüten müssen, und das dritte Mal, als sie zur Beerdigung ihres Großvaters (der es nicht einmal ertrug, wenn mein Name ausgesprochen wurde) in die Bretagne gefahren war. Kurz und gut, in sieben Jahren war es mir, dank dieser Frau, aber immerhin viermal vergönnt gewesen, auf die Rennbahn zu gehen: a) ihres Snobismus wegen, b) ihrer Krankheit wegen, c) ihrer Verwandtschaft wegen und d) heute ihrer Falschheit wegen. In das herrliche und köstliche Treiben vom Longchamp stürzte ich mich gern allein, ich brauchte keine Begleitung.

Ich traf selbstverständlich eine ganze Reihe von Freunden oder vielmehr Rennbahnbekanntschaften wieder, die mich begrüßten, als hätten wir uns erst gestern das letzte Mal gesehen. Obwohl in Longchamp die Stunden wie im Flug vergehen, gehen die Jahre spurlos über diesen Ort hinweg; man wird zwar in einem einzigen Rennen um drei Jahre älter, dafür holt man sich aber in den darauffolgenden fünfzehn Jahren keine weitere Falte mehr. Die Falten, die man sich dort einhandelt, bekommt man jedenfalls nur von der Aufregung, der Nervosität, der

Enttäuschung, der Begeisterung und vom Jubel, wenn man gewonnen hat. Es sind nicht die schlimmen Falten der entehrenden und zerstörerischen Langeweile. Coriolan schreibt dieses Phänomen der spielerischen, der Wirklichkeit enthobenen Qualität des Geldes auf der Rennbahn zu, dieses außerirdischen Planeten, wo das Streben nach Geld, nach Haben oder Nicht-Haben ausschließlich von den kapriziösen Vierbeinern abhängt, wo der Gewinn von hundert Francs beim letzten Einsatz zehnmal aufregender ist als die tausend Francs bei der ersten Runde. Wo man sich von sogenannten Profis liebenswürdig beraten läßt, obwohl ihre Tips einen schon einmal um das ganze Vermögen gebracht haben, wo man einander trotzdem jedesmal aufs neue anlächelt und eventuell sogar die gleichen dubiosen Ratschläge für das nächste Rennen befolgt, was an der Börse kaum vorstellbar wäre. Wo mein Schwiegervater, wäre er ein Fanatiker dieses Rennsports, Schulter an Schulter mit seinem Butler am Rande des Turfs stünde und sich von solchen Leuten kein Ansehen einhandeln würde, sondern offen gezeigte Verachtung, wenn er töricht genug wäre, auf ein allgemein bekannt schlechtes Pferd hoch zu setzen.

Kurz gesagt: Ich war aufgenommen von einer Schar sorgloser, freier und herzlicher Menschen; mir war, als öffnete sich der Himmel und als spielten die Engel für mich auf ihren Posaunen die Hymne des Lebens, des wiedergefundenen, wahren und normalen Lebens. Zu meiner eigenen Verblüffung und zu

Coriolans Bestürzung, der mich in diesem Moment ansah, stiegen mir plötzlich Tränen in die Augen, echte, nasse Tränen. Ich mußte sie sogar mit dem Ärmel abwischen, das eine Auge zukneifen, den verdammten Staub als Ausrede benutzen, um das andere ebenfalls zu schließen und mich nicht zu blamieren. Ich schaffte es zwar nicht rechtzeitig, deswegen beobachtete mich Coriolan immer wieder besorgt und sogar ein wenig ängstlich von der Seite, wie ein störrisches Pferd.

Nach all diesem Wiedersehen begaben wir uns auf die Tribüne mit den Logen, von denen wir einige der Besitzer kannten, die uns mit offenen Armen empfingen. Wir verfolgten von dort aus zwei oder drei Rennen, zur heimlichen Überraschung unserer Gastgeber, zumal unsere Finanzen uns dort sonst nur den Aufenthalt von einer halben Stunde erlaubten, denn in dieser Etage wurden nur Wetteinsätze über fünfzig Francs angenommen. Doch heute flanierten wir stolz umher, dank ‹Pas un Sous'› erstem und gewiß letztem Scheck. Nach dem vierten Rennen lief ich begeistert und aufgeregt wieder nach unten, traf auf dem Weg einige Bekannte, und an der Waage verliebte ich mich auf der Stelle in eine helle Stute namens San Severina, die mich – warum, weiß ich heute noch nicht – faszinierte. Sie war mit 1 : 42 notiert – kein gutes Zeichen. Aber trotzdem beschloß ich, in einem Anfall von Wahnsinn, eine große Summe auf sie zu setzen. Ich hatte bis jetzt verloren, dann wieder gewonnen, noch einmal verloren und war nach nunmehr zwei Stunden Arbeit gerade wieder bei Kasse, was in gewisser Weise irritierender war, als durchgehend zu verlieren. Wie es allerdings um Coriolans Gewinne oder Verluste stand, war mir völlig unbekannt; wir tauschten uns darüber nie aus; ein Abkommen, das uns als ziemlich genial für den Fall erschien, daß einer von uns verlor, aber als ziemlich ungeschickt, wenn er gewann, uns jedoch gegenseitige Vorwürfe und Gewissensbisse, das heißt Klagen ersparte, die bei gleichen Wetten unweigerlich erfolgen.

Entgegen dieser Regel fragte mich heute Coriolan, dem ich auf dem Rückweg von den Schaltern über den Weg lief, zu meinem großen Erstaunen, auf welches Pferd ich diesmal gesetzt hätte, und lachte überraschenderweise auch nicht ironisch auf, als ich ihm gestand, alles auf San Severina gesetzt zu haben. Er zog nur die Augenbrauen hoch und verabredete sich mit mir an den vorderen Tribünen. Ich erwartete ihn dort in aller Ruhe und beobachtete die Menge, die allmählich Stellung bezog, sowie die Pferde, die an den Start geführt wurden. Die Rennstrecke war 2100 Meter lang, und kaum war der Startschuß abgefeuert worden, verkündete der Sprecher, San Severina habe die Führung übernommen. In diesem Augenblick hätte ich aller Logik zufolge meine Hoffnungen begraben müssen, da ein schlechtes Pferd in Führung auch nicht einen Funken Chance besitzt, diese bis zum Schluß zu halten. Trotzdem starrte ich gebannt wie alle mit gestrecktem Hals auf die Kurve, wo das Knäuel jeden Moment auftauchen mußte, und bald, sehr bald, hörte ich zunächst das Summen, dann das Gedröhn der Pferde, die weit hinten wie ein riesiger Hornissenschwarm aus der letzten Kurve hervorschossen. Es war ein besonderes Dröhnen, das in dem Maße anschwoll, als die Anfeuerungsrufe der geballten Menge auf dem Rasen vor der Zielgeraden hinzukamen. Es war ein eintöniges, undifferenziert dumpf klingendes Dröhnen, das auf dem Höhepunkt, den letzten zweihundert Metern, stillzustehen schien, ebenso wie die Menschenmenge, die so wirkte, als sei sie verstummt, und die Pferde, die den Anschein hatten, als seien sie in ihrer Bewegung erstarrt. Und dann schlug es plötzlich um: Der Lärm und das Getöse wurden gewaltig, aber trotzdem waren die Pferdenamen, die Tausende von Stimmen durcheinander riefen, deutlich zu verstehen; auch das wütende Getrampel der Hufe konnte diese Stimmen nicht mehr übertönen; dieses seit Urzeiten unveränderte Stakkato der wilden Horden, diese barbarische und grauenerregende geballte Gewalt löst in uns archaische Empfindungen aus, und in diesem Moment war auch nicht mehr zu unterscheiden, ob die Menge aus Angst oder vor Erregung brüllte. Ich zog eine Zigarette aus der Tasche, als angesagt wurde, daß San Severina immer noch an der Spitze mitlief, inzwischen aber von Patchouli eingeholt worden war. Entmutigt zündete ich also die Zigarette an, ließ sie aber sofort fallen, als der Ansager klarstellte: «San Severina scheint Patchoulis Angriff abzuwehren!» (Patchouli war der Favorit). Ich schloß einen Moment lang die Augen, sandte ein Stoßgebet zum Himmel und hörte, noch bevor ich es sah, das Knäuel, das mit wütendem Getöse auf uns zustürmte, ein Getöse, aus dem man das Klappern der Steigbügel und Trensen, das Quietschen der Sättel, die dumpfen Flüche der zusammengekauerten Jockeys heraushörte. Ich öffnete die Augen wieder und sah den bunten Wirbel der Jockey-Jacken wie ein Banner über die langgestreckten, schweißglänzenden, muskulösen nackten Pferdeleiber wehen. Und während das Knäuel an mir vorbeiraste, mit einem Geräusch von zerfetzendem Stoff, das das Gejohle der Menge bei der Ankunft im Ziel verdrängte, brüllte plötzlich jemand ins Mikrofon: «San Severina hat gewonnen! San Severina hat durchgehalten! San Severina Erste! Ein Foto für Patchouli und Nouméa!» Und diese Sekunde, da meine Zigarette sich in meine italienischen Slipper einbrannte, war eine der schönsten in meinem Leben, ich empfand eine so heftige, so reine, so vollkommene Freude, daß sie schon wieder ehrenvoll war. Sieg! Ich hatte gegen die ganze Welt gesiegt! Ich hatte meinen Schwiegervater, einen Bankdirektor, einen Produzenten, meinen Regisseur, meine Frau und die PMU besiegt! Ich war ein Sieger! Und während meine enttäuschten Nachbarn ihre Tickets auf den Boden warfen, stürzte ich mich in Coriolans Arme, der mit dem Ruf «Ich habe gewonnen» gerade daherkam. «Wir haben gewonnen!» schrie er heiser und klopfte mir auf den Rücken, und diese Überraschung verdoppelte meine Freude.

«Hast du auch auf San Severina gesetzt?»

«Ja, selbstverständlich. Ich bin sogar mit fünfhundert Francs eingestiegen!» sagte er.

«Und ich mit zweitausend! Aber weshalb hast du denn auf sie gesetzt?»

Wir waren lachend indessen wieder bei den Schaltern angekommen und wurden von unglücklichen Wettgenossen umringt, die uns mit jener neidischen Verachtung musterten, wie sie professionelle Pferderennsportler für Spieler übrig haben, die zufällig mit einer Niete gewinnen.

«Aber ich hatte dir doch gesagt, daß ich auf sie setzen würde, nicht wahr?»

Coriolan lachte jovial.

«Ich habe heute auf alles gesetzt, worauf du auch gesetzt hast, alter Junge! Ich habe mir gesagt, daß du, nach allem, was dir in letzter Zeit passiert ist, nicht auch noch beim Wetten verlieren kannst.»

Er lachte vielsagend, aber taktvoll. Ich scherte mich jedoch wenig um Takt; San Severina stand 1:37, damit hatte ich 74000 Francs gewonnen, was ich noch nie erlebt hatte, und dies aus gutem Grund! Ich lud die ganze Gesellschaft auf ein Glas ein, die Welt war plötzlich zu neuem Leben erwacht.

Trunken vor Stolz kehrten wir nach Paris zurück. An einer roten Ampel drehte sich Coriolan zu mir um:

«Für jemanden, der sich gestern von seiner Bank sieben Millionen Francs hat abknöpfen lassen, siehst du ziemlich zufrieden aus!»

Aber keiner konnte besser verstehen, warum die Tatsache, 70000 Francs beim Rennen gewonnen zu haben, berauschender war, als auf der Bank sieben Millionen zu besitzen.

SIEBTES KAPITEL

Ich kehrte triumphierend nach Hause zurück, jedoch nicht, ohne zuvor meinen Gewinn Coriolan anvertraut zu haben. Eine bittere Erinnerung hielt mich von jetzt an davon ab, mein Eigentum «bei» Laurence herumliegen zu lassen. Das Geld aus den Rennen war für sie freilich ehrenrührig, aber ich hatte nicht umsonst Lehrgeld gezahlt und wußte, in welchem Ausmaß ihr Abscheu absorbierend sein konnte.

Seit zwei Tagen sagte ich mit ebensolcher Selbstverständlichkeit «bei Laurence» wie zu Beginn, als ich noch Schwierigkeiten hatte, «bei uns» zu sagen, damals, sechs Monate nach der Hochzeit – von denen wir fünf auf der Hochzeitsreise und einen im Hotel verbrachten. Denn unsere Hochzeitsreise war lang, sehr lang gewesen und hatte uns selbstverständlich nach Italien geführt; sogar nach Capri. Capri, das Laurence bis dahin nicht hatte kennenlernen wollen. «Du findest es sicher idiotisch», hatte sie mir gestanden, «aber je mehr davon geschwärmt wurde, desto fester war ich entschlossen, nur mit jemandem hinzufahren, den ich für immer und ewig lieben würde. Findest du mich lächerlich?»

«Aber nicht doch, nein», hatte ich lächelnd geantwortet. «Im Gegenteil...»

Capri war auch für mich neu, aber aus anderen Gründen. Ich gestehe, daß mich damals dieses ganze Theater amüsierte. Ich, Vincent, frisch verheiratet, mit einer willfährigen, schönen und reichen Frau auf Hochzeitsreise zwischen der Blauen Grotte, den Faraglioni, Axel Munthes Villa et cetera. Warum nicht? Warum nicht die Klischees ergründen und die Postkarten besichtigen? Es war nicht weniger amüsant, als sie hartnäckig abzulehnen, es war genauso amüsant, aber weniger versnobt. Zumal ich davor die einzige Reise nach Italien mit einer Gruppe italienischer Pseudokünstler unternommen hatte, mit sogenannten Öko-Anhängern, die ich in Paris kennengelernt hatte und die sich unterwegs als echte Gauner erwiesen. Ich hatte mich mit Gewalt von ihnen trennen müssen, nachdem sie auf abgewrackten Motorrädern bei strömendem Regen eine Tankstelle ausraubten! Denn es hatte in jenem Jahr in Italien nicht aufgehört zu regnen. Und so war ich denn auf unserer Hochzeitsreise der Sonne dankbar, daß sie die Güte hatte, ihre Strahlen auf die sentimentalen und trägen Touristen fallen zu lassen.

Hand in Hand hatten wir Capris Gassen erkundet. Laurence hatte auf der Piazzetta das wahrscheinlich einzige interessante Schmuckstück gekauft: eine schwarze Perle in einer wunderschönen antiken Platinfassung – und zu einem lächerlichen Preis. Laurence liebte, wie das in ihren Kreisen üblich war, die Okkasionen. Und, eben diesen Kreisen entsprechend, hätte sie sich nicht gescheut, einem blinden Antiquitätenhändler einen van Gogh für hundert Francs abzukaufen, ohne ihn auch nur über den wahren Wert zu informieren, geschweige denn, ihn daran teilhaben zu lassen... Sie hatte mich bis heute wahrscheinlich nur deswegen behalten, weil ich nicht teuer war. Zudem hatten sich alle von mir verursachten Kosten amortisiert, was eher außergewöhnlich ist. Juristisch gesehen konnte ich gehen. Aber was ist mit meinen Leistungen, wo bleibt das Honorar? Meine Leistungen – wird man mir entgegnen – was für Leistungen? Mit einer so schönen und so aufopfernden Frau? Was soll das heißen, Leistungen? Wie kann man nur so taktlos sein? Und trotzdem, trotzdem hielt mich nicht nur die vorherzusehende Armut vom Gehen ab, sondern auch die Sorge, bestohlen worden zu sein, nicht materiell und auch nicht physisch bestohlen, sondern in anderer Weise...

Wenn ich an die Hochzeitsreise zurückdenke, an Laurences Begeisterungsfähigkeit, an ihre Bescheidenheit! Wie sehr sie sich bemüht hatte, mir zu gefallen! Sie hatte ihre Zeit damit verbracht, sich den Kopf über ihre Unzulänglichkeit und deren verheerende Auswirkung auf meine Liebe zu zermartern. Und ich, der ich damals schon das Machtspiel in Beziehungen verabscheute, ich, der ich die Männer verachtete, die ihre verschreckten Frauen herablassend behandelten, hatte mich nach Kräften bemüht, Laurence aufzurichten, zumal ich Narr geglaubt hatte, daß ihre sprachlichen Eigenheiten und gewisse störende Reaktionen eher dem Milieu, aus dem sie kam, als ihrem Charakter zuzuschreiben waren! Ich hatte ihr zwanzig gute Eigenschaften zugedacht, ohne mir vorstellen zu können, daß ihr die eine, die einzige, die diese Eigenschaften erträglich macht, fehlte: die Kunst, sie zur Entfaltung zu bringen – vorausgesetzt, sie habe all diese Eigenschaften wirklich besessen. Eine Kunst, die keine noch so erlesene Erziehung vermitteln kann. So war Laurence zum Beispiel intelligent, aber geistlos, verschwenderisch, aber nicht großzügig, schön, aber bar jeden Charmes, aufopfernd, aber nicht gütig, aktiv, aber temperamentlos, neidisch, aber ohne echte Wünsche. Sie hatte eine böse Zunge, aber sie konnte nicht hassen, sie war hochmütig, aber nicht stolz, ungezwungen ohne Warmherzigkeit, empfindlich, aber nicht verletzbar. Sie war zuweilen kindisch, ohne sich eine gewisse Kindlichkeit bewahrt zu haben. Sie jammerte oft, war aber keineswegs hilflos, sie war gut angezogen, aber nicht elegant, und oft war sie aufgebracht, aber nicht wütend. Sie war direkt, aber nicht fair, furchtsam, aber sie hatte keine Angst, kurz: Sie war leidenschaftlich, wußte aber nicht, was Liebe ist. Ich nahm einen Bleistift, meine sogenannte Musikkladde, die im Auto lag, notierte akribisch, was ich von nun an die «Litaneien der heiligen Laurence» nannte, und las mir wieder und wieder Formulierungen vor, veränderte sie an manchen Stellen, indem ich das eine oder andere Adjektiv umstellte, und fand sie jedesmal ein wenig treffender und ein wenig schärfer. Ganz benommen von meiner Prosa, erleichtert – gerächt allerdings fühlte ich mich nicht –, parkte ich am Boulevard Raspail und schlug die Tür mit jener langsamen, ausladenden Handbewegung zu, mit der friedliche, für Recht und Ordnung eintretende Helden amerikanischer Serien sich spontan Erleichterung verschaffen – und meiner Ansicht nach mit vollem Recht. Mir kam plötzlich eine Serie in den Sinn, in der eine Kosmonautenmannschaft im Jahre 3000 in ihrer fliegenden Untertasse durch die Stratosphäre stürmte, wie sie ihr Gefährt zwischen unbekannten Sternen (und fadenscheinigen Gefühlen) hindurchsteuerte. Doch eines schönen Abends wollte Laurence eine andere Serie sehen, die zur gleichen Zeit lief. Warum fügte ich mich, wie kam ich dazu, es zuzulassen, daß sie mir meine Weltraumrakete und meine spitzohrigen Helden wegnahm, mit welchem Recht zwang sie mir statt dessen die Küsse irgendwelcher braungebrannter Troglodyten aus Los Angeles auf? Ich weiß es nicht mehr. Ich weiß nur noch, daß Coriolan mir ungefähr einen Monat lang die nächsten Folgen meiner Serie erzählte, bis auch er das abenteuerliche «Up and Down» endgültig leid war. Warum hatte Laurence keinen zweiten Fernsehapparat gekauft, warum hatte ich ihn nicht gekauft? Wenigstens darauf habe ich eine Antwort: Es hätte ein tiefes Loch in mein monatliches Taschengeld gerissen. Warum, wie habe ich nur auf einen Hund verzichten können, ich, der ich Hunde über alles liebe? Warum hatte ich keine Freunde mehr, die ich zu einem Glas Wein nach Hause einladen konnte? Warum war diese Wohnung nie mein Zuhause geworden, so daß ich in der Zeit, in der ich noch Freunde hatte, nie jemanden mitbringen konnte? Warum mußte ich komplizierte Ausreden erfinden, wenn ich ganz einfach nur spazierengehen wollte? Warum war die Tatsache, daß ich ausging, für Laurence gleichbedeutend mit Verlassenwerden? Warum hatte ich ihr nie gesagt, daß ich ihre Freunde arrogant, borniert und so traditionalistisch fand, daß sie zweihundert Jahre früher die Guilliotine bejubelt hätten? Wie hatte ich nur meine eigenen Bedürfnisse dermaßen vernachlässigen und ihre Launen wie unumstößliche Dekrete begreifen, mich ihnen wie Wetterschwankungen ergeben können? Warum, wie kam es dazu, weswegen, wem oder was zum Trotz? Auch heute, obwohl ich egoistischer, feiger, und, was meine Belange betrifft, gleichgültiger bin, ist es mir nicht klar. Am Anfang... wie hatte ich es am Anfang zulassen können, daß ich ohne Protest und ohne Streit mein Leben, meine Zeit auf diese Weise habe reglementieren lassen? War sie langsam, absichtlich und systematisch vorgegangen? Oder hatte sie sich einfach nur von ihrem despotischen Henkernaturell leiten lassen? Und alles das, ohne daß ich ein einziges Mal «Halt» geschrien hatte oder, besser gesagt, ohne daß ich, ein einziges Mal wenigstens, im Treppenhaus gemurmelt hätte: «Ich glaube, jetzt reicht's mir, adieu Liebling» – zumindest als taktisches Manöver, was meinem Wesen besser entsprochen hätte.

Aber eigentlich erinnere ich nichts – und das vor allem macht mir Angst –, ich erinnere mich an keinen einzigen echten Streit, an keine große Szene, keinen Wutausbruch, nicht einmal an ein Gefühl von blanker Wut und infolgedessen an keine Trennung von vielleicht drei Tagen! Ich erinnere mich an keinen einzigen Haßausbruch, die Würze jedes glücklichen Ehelebens. Manchmal weinte sie ein wenig, ich half ihr, sich die Nase zu putzen – am Anfang kam das, wenn ich mich recht erinnere, so alle drei Monate vor –, später und in letzter Zeit überhaupt nicht mehr. Keine Tränen mehr, kein Sturm, Laurence war so spiegelglatt wie ein See, langweilig wie ein See und jetzt so gefährlich wie ein See. Was stand gleich wieder in meinen «Litaneien»? «Gefährlich, aber nicht risikobereit und aktiv, temperamentlos...» Ja, diese Formulierungen paßten, und ich ergänzte sie. Ich klappte die Kladde zu und schob sie automatisch in die Tasche: Ein alter Reflex sagte mir, sie bloß nicht herumliegen zu lassen – oder vielleicht gerade doch? Laurence sollte sie finden, lesen oder mich ihr vorlesen lassen. Der duckmäuserische und ungehorsame Bengel in mir hatte dem erwachsenen, echten Mann zu weichen. Ich mußte grinsen: Seitdem ich mich mit der Niederschrift dieser unangenehmen «Litaneien» frei gemacht hatte, formulierten sich meine Gedanken in Sätzen... Es war nicht mehr mein undifferenziertes Ich, das sich auflehnte: «Diese Schlampe da! Verdammt noch mal! Was für eine Schlampe!» Statt dessen bestätigte mich dieselbe ätzende Stimme von vorgestern: «Diese reizende Laurence ist ein unheilbringendes Wesen. Es ist höchste Zeit, sie sich vom Hals zu schaffen, und zwar schnell, mein Lieber.» Ja, das war's… «Mein Lieber!» Ich nannte mich schon selbst «mein Lieber!». Coriolan hatte immer behauptet, daß ich Bücher hätte schreiben sollen, anstatt Sonaten oder Trios zu komponieren. Mein guter Coriolan! Dieses «anstatt» war nicht nur ganz und gar anmaßend, der ganze Satz sprach für seine blinde oder übertriebene Freundschaft. Vielleicht hätte ich eine reizende kleine Blondine heiraten sollen, irgendein leichtsinniges Ding, mit der einfach auszukommen gewesen wäre, auch wenn sie keinen blanken Heller besessen hätte. Ich sah mich in einer Zweizimmerwohnung herumlungern, brüllende Kinder um mich, eine verblühte Frau: Wäre dieses Los besser gewesen? Wäre es dem jungen, noch jugendlich aussehenden, gutangezogenen Mann vorzuziehen gewesen, dessen Stirn glatt, frei von Sorgen und Anstrengungen war, den allein die Launen einer hysterischen und dummen Frau in einer prachtvollen Wohnung gefangenhielten? Wäre ich mannhafter, wenn ich mich in irgendeiner Fabrik abrackern würde? Könnte ich darauf stolz sein? Angenommen, ich würde – günstigenfalls – irgendwelchen Rotzbengeln in Einheitsappartementhäusern Klavierstunden geben und «zu Hause» würde eine ausgelaugte Frau auf mich warten, wäre dann mein Ehrgeiz befriedigt? Ich war mir nicht so sicher. Mein Ehrgeiz lag woanders – jedenfalls weder in der Suche nach Anerkennung noch in harter Arbeit. Mein Ehrgeiz lag darin, glücklich zu sein, mehr nicht! Einfacher gesagt als getan: Ich war mit mir nur zufrieden, wenn ich glücklich war.

Und heute, da ich traurig bin, fühle ich mich gedemütigt und verletzt. Es geht mir wie allen, die den Schlägen ausweichen, die vor Gefühlen davonlaufen; eine winzige Verletzung führt bereits zur Infektion. Wie ich mich auch entscheiden, was ich auch aus meinem Leben machen würde, zunächst und am dringlichsten mußte diese Wunde gereinigt werden, sei es mit Lügen, Gemeinheiten oder Seelengröße. Ich mußte von dieser Vergangenheit und der unmittelbaren Gegenwart alles abstreifen, um, wenn schon nicht das Glück, so doch zumindest die Erinnerung daran, die Lust, den Geschmack am Glück wiederzufinden. Wenn ich es unterließe, könnte ich für lange Zeit nicht mehr an dieses Glück – mein Glück – denken, ohne sofort das Adjektiv «beschämend» hinzuzudenken.

In der Wohnung angekommen, ging ich direkt, ohne vor dem Salon meinen Schritt zu verlangsamen, über den Küchengang in mein Studio, ein Gang, den ich in den letzten Tagen so oft wie noch nie benutzt hatte. Sonst schlug ich automatisch den Weg durch Laurences Salon, ihren Ankleideraum und ihr Zimmer ein, jenen zentralen und emotionalen Knotenpunkt des Hauses. Früher wäre es mir nie in den Sinn gekommen, diesen mit zwanzig Schränken vollgestellten Schlauch zu benutzen, der an einer verschlossenen Wäschekammer und einer unbehausten Küche entlangführte, um schließlich in einen kleinen Vorraum zu münden, der «Odiles Büro» genannt wurde, von dem wiederum mein Studio, eine ehemalige Abstellkammer, abging. Diese ehemalige Abstellkammer mußte – was mir erst jetzt mit überflüssigem Bedauern bewußt wurde, zumal mein Kerker mehr eine Frage der Zeit als des Ortes gewesen war – einen inzwischen zugemauerten Dienstbotenausgang besessen haben. In Wahrheit brauchte ich Zwänge dieser Art, wie sie einem Ehemann auferlegt werden, der vor seiner Frau flüchtet, nicht – sie schlagen sowieso sofort in Sentimentalität und Peinlichkeit um. Wenn ich etwas nötig hatte (und ich bezweifle sehr, daß ich existentielle Unannehmlichkeiten brauche), dann die Loslösung des jungen Mannes von seiner Mutter. Meine war sehr lieb gewesen, ein wenig distanziert vielleicht, mir aber hundertmal lieber als eine Mutter wie Laurence: Und einmal angenommen, Laurence hätte mich wie eine Mutter geliebt, durch ihre Erziehung wäre ich unweigerlich sadistisch oder impotent geworden.

Apropos Impotenz, da kamen mir einige Fragen: Laurence war nicht dafür geschaffen, lange auf meine Avancen verzichten zu können; glaubte sie im Ernst, daß ich sie ihr wie eine Turnübung vorführen könnte? Oder, was wahrscheinlicher war, glaubte sie immer noch, und mit welchem Recht, daß unser Streit meine Lust steigern würde? Daß ich sie in meinem Zorn noch leidenschaftlicher umarmen würde? Glaubte sie wirklich, daß man einen Mann, den man gerade um sein Vermögen gebracht hatte, bei Laune halten kann? Möglich war alles. Es entsprach entweder ihrer eigenen Logik oder ihren wechselhaften Gefühlsregungen, wahrscheinlich aber ihrer Verlogenheit, zu glauben, daß die Angelegenheit günstig für sie ausgehen würde. Wahrscheinlich hatte ich sogar noch Glück gehabt, daß sie mir nicht «Wovon redest du? Von Geld? Pah! Pfui! Sei bitte nicht so vulgär!» an den Kopf geworfen hatte. Ich wäre vielleicht verstummt, sogar beeindruckt gewesen. Gott sei Dank hatte Laurence zu Geld zuwenig Distanz, als daß ihr diese Schamlosigkeit je in den Sinn gekommen wäre. Eine Absence oder glückliches Vergessen mochten der Grund sein, aber eigentlich war es normal... Würde man seine Argumente von vornherein denen des Gegners anpassen, gäbe es keinen Streit mehr. «Und das wäre das Ende all dieser Scharmützel, denn niemand hätte mehr Lust zu kämpfen», sagte ein gewisser Monsieur Jourdain, der sich seit kurzem in meinem Hirn eingenistet hatte, während der Dauermieter in mir bedrückt schwieg.

Die Wohnung war leer und still, nach dem fröhlichen Treiben auf der Rennbahn strahlte sie eine Begräbnisatmosphäre aus. Seltsam, es war bereits sechs – es sei denn, die beiden Frauen, Laurence und Odile, hätten sich, meinen gerechten Zorn fürchtend, unter den Eßzimmertisch verkrochen. Von Longchamp erschöpft, schloß ich die Augen und schlief beinahe ein. Nur zufällig entdeckte ich das Kuvert mit der Aufschrift «Vincent», das ich vermutlich mit dem Bettüberwurf auf den Boden gefegt hatte. Sofort erkannte ich Laurences schöne, regelmäßige und lesbare Schrift und zögerte, den Umschlag zu öffnen. Wenn sie mich nun darum bat, die Koffer zu packen und zu verschwinden? Für einen kurzen Moment überkam mich Panik: Ich wäre verloren gewesen, und sie wußte es… Ich betrachtete diesen Brief, ohne mich zu rühren, und plötzlich packte mich angesichts meiner grotesken Situation, meiner verhaßten angeborenen Feigheit sowie der Feigheit, die Laurence in mir gefördert hatte, die Wut. Ich zerriß das Kuvert mehr, als daß ich es öffnete: Nicht mein Rausschmiß wurde mir verkündet, sondern der Befehl zu einer Einladung wurde erteilt. «Vincent», schrieb sie, «vergiß nicht, daß wir heute abend bei den Valances zum Diner eingeladen sind. Dein Smoking hängt im Badezimmer. Wecke mich bitte um sieben Uhr. Bis dahin muß ich *unbedingt* ausruhen.»

Ich ärgerte mich. Erstens, weil sie «unbedingt» unterstrichen hatte, als hätte ich die Angewohnheit, ihren Schlaf zu stören, zweitens, weil ein Diner bei den Valances mit deren äußerst versnobten Freunden eine harte Geduldsprobe war, besonders nach einem Tag in Longchamp. Ja, ich ärgerte mich über diesen Brief, ich war aber auch erleichtert, daß ich mich nur zu ärgern brauchte: Schließlich hätte ich mich auch nicht täuschen können.

ACHTES KAPITEL

Vielleicht, weil er von einer alten protestantischen Familie abstammte, wie er behauptete, vielleicht aber auch, weil die Zeitungen ihn als eine der altehrwürdigen Figuren der Pariser Anwaltskammer bezeichneten, wirkte Maître Paul Valance für seine zweiundsiebzig Jahre noch so blendend erhalten. Das galt auch für seine fünfzehn Jahre jüngere Frau Mannie, mit der er behauptete, seit nunmehr bald dreißig Jahren zusammenzuleben. Vermutlich stimmte es, obwohl jeder von beiden immer sichtlich verblüfft schien, wenn der andere Anekdoten aus dem gemeinsamen Leben erzählte.

«Letzte Woche haben wir in London zwei Engländer kennengelernt, die wegen eines Duells angeklagt waren», erzählte zum Beispiel Valance, was allgemein und exaltiert mit einem «Nein! Das darf nicht wahr sein!» kommentiert wurde, wobei Mannie seltsamerweise die erste war mit ihrem Ausruf und sichtlich am erstauntesten. Oder Mannie erzählte: «Ich habe die arme Jacqueline X gesehen, die sich im *Plazza* von einem Welpen hat beißen lassen», und während sich alle darüber echauffierten, hörte man ihren Gatten laut fragen: «Wie bitte? Gebissen? Jacqueline? Aber von wem denn?» Das verschaffte ihren Unterhaltungen im Alter vermutlich überraschende und abwechslungsreichere Wendungen, als sie allgemein üblich sind, ließ es aber gleichwohl auch wahrscheinlich erscheinen, daß Mannie im Verlauf eines Diners einmal jemanden sagen hören könnte: «Der arme Valance! Gestern noch habe ich ihn gesehen! Wie traurig!», und Mannie erstaunt ausriefe: «Wie bitte? Mein Mann gestorben? Aber woran?».

Die Valances hatten nur einen Sohn, Philibert, der zurückgeblieben war und den sie fünfundzwanzig Jahre lang sorgfältigst versteckt hatten, um ihn dann wieder hervorzuholen und sozusagen neu zu adoptieren: «Philibert hat dies gesagt, Philibert hat jenes getan...» hieß es nur noch. Seit diesem großen Wiedersehen sprachen sie von ihm mit einer Rührung und Begeisterung, die man, je nach Veranlagung, grauenhaft oder komisch finden mochte. Laurence – selbstverständlich – glaubte, sie seien innerlich zerrissen, und verurteilte ihr Verhalten als Eltern auf das schärfste, während ich für mein Teil eine weniger tief schürfende Erklärung vorzog. Kindheit ist ein bezaubernder, gesegneter Zustand, der aber um so grotesker, sprich, gräßlicher wird, je mehr er sich unbegründet in die Länge zieht. Wenn dieser privilegierte Zustand jedoch verfrüht wiedereintritt, wirkt er wie eine amüsante, wenngleich nicht ganz einsichtige Verschiebung der Zeit. Infantilismus, nicht Frühreife ist für Eltern eine Schmach. Den Valances wäre nichts anderes übriggeblieben, als den Entwicklungsstillstand ihres Sohnes als verzweifelte Zuschauer mitanzusehen, da er sich seit seinem zehnten Lebensjahr nicht mehr weiterentwickelt hatte. Aber nachdem sie ihn fünfundzwanzig Jahre lang so gut wie vergessen hatten, fiel es ihnen nicht schwer, ihn im Alter von fünfunddreißig als «bereits verjüngt» wiederzufinden. Man sprach nicht mehr von einer pathologischen, sondern von einer psychologisch angeschlagenen Kindheit. Und zweifellos empfand auch Philibert diese triumphale Rückkehr nach fünfundzwanzig Jahren Unmenschlichkeit, Traurigkeit und Einsamkeit als wunderbare Veränderung. In seiner ganzen Tolpatschigkeit stürzte er sich bei meinem Eintritt mit leuchtenden Augen auf mich, da ich der einzige war, der auch dann mit ihm redete, wenn seine Eltern nicht dabei waren. Mannie nahm mit betonterer Freundlichkeit als sonst meine beiden Hände in die ihren und schüttelte sie:

«Ach, Vincent! Wissen Sie, daß Layton ihre Frau, unsere schöne Laurence, fotografieren will? Er versicherte mir, daß sie ein etruskisches Profil habe! Stellen Sie sich vor! Bill Layton will endlich ein Porträt von jemandem machen!»

«Er ist ja verrückt! Aber wie reizend von ihm!» rief Laurence aus, die vor Glück errötet war.

«Überrascht Sie das nicht, mein lieber Vincent?» Mannie hatte meine Hände endlich losgelassen. «Sind Sie nicht überrascht, eine Frau zu haben, die ein etruskisches Profil hat?» Und da ich nichts sagte: «Aber nein, es erstaunt ihn nicht. Nichts mehr erstaunt ihn! Nichts mehr kann ihn überraschen!» rief sie in die Allgemeinheit, die völlig unbegreiflicherweise plötzlich schallend lachte.

Mich verbeugend erwiderte ich:

«Laurence wird nie aufhören, mich in Erstaunen zu versetzen, meine liebe Mannie», und warf Laurence, die sofort wegschaute, einen Blick zu. Ich beobachtete aus den Augenwinkeln, wie sie angespannt und starr vor Angst war. Es war seltsam mitzuerleben, wie diese Frau, die am Nachmittag noch jede Art von Verachtung meinerseits geschluckt hätte, nun zwei Stunden später in der Öffentlichkeit bei der leisesten Ironie aus der Fassung geriet. Gewiß, das Haus der Valances war einer der wenigen Orte, in dem sie «in ihrem Rhythmus atmen konnte», wie sie sich auszudrücken pflegte, was ich die längste Zeit geduldet hatte, da ich früher darin nur einen kindischen Enthusiasmus und nicht, wie heute, arrogante Dummheit gesehen hatte.

Wie dem auch sei, diese kleine oder auch große Gewitterwolke über unserem Ehehimmel verhinderte nicht, daß dieser Abend bei den Valances doch noch ausgesprochen reizend wurde. Die Liebenswürdigkeit der Gäste, ihr Interesse und ihre Neugier füreinander und besonders mir gegenüber waren doch so selten, daß sie mir wie eine Erholung, ja sogar recht pikant erschienen. Die Valances liebten es, ihre Originalität durch die eklektische Wahl ihrer Gäste unter Beweis zu stellen, die von einem einer

Wohltätigkeitsorganisation vorsitzenden Schauspielerpärchen bis zu einem fest schlafenden Mitglied der Académie Française, über irgendwelche Klienten bis hin zu kunstbesessenen Industriellen reichte, nicht zu vergessen einige junge, hübsche Frauen, die post factum Zeugnis ablegten für das rege Liebesleben des Advokaten.

Zurück zu Philibert: Geschniegelt und gebügelt, alterslos, aber hartnäckig, entriß er mich der Gesellschaft im Salon, um mich ins Rauchzimmer zu führen. Er bedeutete mir mit einer patriarchalisch gnädigen Geste, im Sessel Platz zu nehmen.

«Setz dich!» forderte er mich mit rauher Stimme auf.

Er war größer als ich, seine Augen blickten stumpf, und seine Haarfarbe war undefinierbar, vielleicht gelblich oder auch walnußfarben. Ich konnte mir gut vorstellen, daß er einer Frau an einer Straßenecke Angst einjagen und sie sogar vergewaltigen würde.

«Sag schon, was ist –» und er lachte abgehackt – «das mit deinem Geld, stimmt das? Hast du Geld?»

«Woher weißt du das? Brauchst du Geld?»

«Ich weiß das von meinen Eltern, alle erzählen sich, daß du plötzlich Geld hast.»

Nein so was! Selbst dieser Dummkopf interessierte sich für mein Vermögen! Daß seine Eltern mich auf diese Weise empfangen hatten, erstaunte mich nicht besonders, noch weniger die außergewöhnliche Freundlichkeit und Begeisterung, die meine Gesprächspartner seit meiner Ankunft für mich zeigten. Ich war nicht mehr Laurences zerstreuter Ehemann, ich war jetzt der wohlhabende Komponist von *Unterm Regen*, ich war wer. Und die an diesem Abend anwesenden Geldgeier wurden von den Adlern oder, sagen wir, Schmetterlingen des Erfolgs in den Schatten gestellt. Bis dahin galt ich als Vasall, als Gatte, als Parasit von Laurence. Heute, es war mir nicht entgangen, hatten sie mich in Amt und Würden eingesetzt: Ich war Lehnsherr, Ehemann, verantwortlich...! Was sie nicht wußten war, daß ich mich längst wieder in der Rolle des austauschbaren Komparsen befand, der ziemlich nahe an der Tür stand... Die Blicke, das Augenzwinkern voll anerkennendem Einverständnis waren neu und überholt zugleich.

«Kommst du dir dein Bild anschauen?» fragte Philibert.

Die Valances besaßen eine herrliche Sammlung von Impressionisten, die Monsieur Valance seiner Aussage zufolge mit sicherem Gespür für ein Butterbrot zusammengetragen hatte (wobei ich in Anbetracht des Zeitpunkts, an dem er sie gekauft hat, fürchte, daß sie ihn weitaus mehr Butterbrote als Gespür gekostet haben). Es hingen dort zwei Manets, ein Renoir, ein Vuillard und in einer Ecke mein Lieblingsbild, ein Pissarro, mit einem Dorf im Vordergrund, das in runde, apfelgrüne Hügel – ein Grün wie auf Kinderbildern – eingebettet und in das sanfte, reine und strahlende Licht des Hochsommers getaucht war. Ein Licht, das über den Kornfeldern auf diesem Gemälde lag, sie widerspiegelte und die Ähren in eine Richtung glattbürstete. Es mochte dieses Licht sein, das die Baumkronen kräuselte, die Stämme unter ihrer gelackten Mähne in Habachtstellung verharren ließ und einen dem Meer zustrebenden Bach mit Glanz und Silberstrahlen zum Stillstehen verführte, so daß man den Eindruck gewinnen mußte, allein dieses Licht habe diese unschuldige und unberührte Landschaft, just bevor Pissarro auftauchte und sie in ihrer Reglosigkeit neu erstehen ließ, geschaffen. Eine Reglosigkeit, die künstlich war, anziehend wie jene Ewigkeit, die Pissarro abzubilden und zugleich zu versprechen schien... Ich habe in meinem Leben viele Gemälde geliebt, die häufig subtiler, komplizierter oder auch verrückter waren als dieses. Aber dieses liebte ich besonders, weil es mir die Vorstellung von Glück vermittelte, von einem greifbaren Glück.

«Sie sind gekommen, sich Ihren Pissarro anzusehen?»

Ich drehte mich um. Die alte Gestalt des Pariser Advokaten war gerade in das Rauchzimmer eingetreten; er bot mir etwas zu trinken an und forderte mich zum Sitzen auf. Beides mit eleganter Geste. Ich setzte mich vorsichtig. Ich begann mich vor Rauchzimmern in acht zu nehmen...

«Nun, mein lieber Vincent?» fragte Valance mit einem breiten Lächeln – und entsetzt wurde mir klar, daß ich die beiden seit meinem «Hit» nicht mehr gesehen hatte und mit Sicherheit während des Diners beglückwünscht werden würde.

Ich hob die Hand: «Lassen Sie uns später davon sprechen, wenn es Ihnen recht ist, Paul!»

Er nickte wohlwollend.

«Wie Sie wünschen! Wie Sie wünschen! Aber in der Zwischenzeit wäre ich entzückt, Ihnen diesen kleinen Pissarro verkaufen zu dürfen, wenn er Ihnen immer noch so gut gefällt, denn es ist ein ‹kleiner› Pissarro, wie Sie wissen! Ich habe ihn bei Sotheby's auf einer Auktion gekauft. Er hat nicht sehr viel gekostet. Wie Sie gleichfalls wissen, will ich keine Geschäfte auf Ihre Kosten machen...»

Ich erwiderte sein Lächeln, befürchtete aber bereits, daß dieses nicht zu den zahlreichen Gemälden gehörte, die er für ein Butterbrot gekauft hatte. Pech, es war über Sotheby's gegangen! ...Endlich, Valance hatte im Gehen seine Hand auf meine Schulter gelegt:

«Nein, lieber Freund, ich möchte nichts von Ihrem schönen neuen Geld!» (Er lächelte.) «Für mich sind Sie wie ein eigener Sohn, das wissen Sie!»

In diesem Augenblick fiel sein Blick auf Philibert, der ein wenig schief vor uns herging, und Valance ergänzte eilig: «Nun ja ... fast wie ein Sohn...»

Gesellschaftlich gesehen war das äußerst geschickt, vom väterlichen Standpunkt aus abscheulich. Und er errötete, schaute besorgt um sich, als hätte man ihn ertappen können und, wieder beruhigt, zog er mich zur Tür.

«Kommen Sie, wir müssen zu Tisch. Unser letzter Gast ist eingetroffen. Kennen Sie sie? Viviane Bellacour. Sie ist Witwe. Ganz reizend!» fügte er hinzu und kniff mich mit einem schelmischen Blick leicht in den Arm.

Es war das erste Mal, seit ich ihn kannte, daß sich Valance mir gegenüber eine Zweideutigkeit gestattete, und ich begriff, daß über die neugewonnene Respektabilität und das Interesse hinaus mein finanzieller Erfolg mir in diesen Kreisen zu neuer Männlichkeit verholfen hatte. Es war nicht mehr jener undurchsichtige, schlecht bezahlte – nahezu servile – Status von Männlichkeit, den die Umstände unserer Ehe von mir forderten, sondern eine erarbeitete Männlichkeit, die mir das Recht verlieh, mich gleichsam verpflichtete, meine Umgebung und die dazugehörigen Frauen mit lüsternen Blicken abzuschätzen. Blicke, die mir als armem Mann bis dahin verboten gewesen waren, Blicke, hätte ich sie mir in den vergangenen sieben Jahren herausgenommen, ohne mir dessen überhaupt bewußt zu sein, aus mir den bösen Neger des weißen Mannes gemacht hätten. Man hätte mich gelyncht, und ich gratulierte mir im nachhinein, daß es mir dennoch gelungen war, ihre schönen weißen Frauen mit ihnen geteilt zu haben, noch bevor mir das Recht dazu durch mein Vermögen sanktioniert wurde. So hatte ich für später – meine Pleite würde sich bald herumsprechen – ein paar tröstliche Erinnerungen, zumal ich nur zu genau wußte, daß mein Vermögen nicht lange genug vorhalten würde, um diesen Männern dauerhaften Respekt abzunötigen. Es reichte eben nicht aus, nur gierig zu sein, man mußte geizig sein können oder, bescheidener ausgedrückt, man durfte nicht nur schlau, man mußte klug und verschlagen sein. Kurzum, reich zu sein war nicht alles, reich zu bleiben hieß die Devise!

Der Salon hatte sich in unserer Abwesenheit gefüllt: Ich erblickte zunächst zwei Freundinnen von Laurence, die ich kurz, aber sehr gut gekannt hatte (wenn man ein flüchtiges Zappeln im Finstern mit einer Frau so nennen darf, die nach Dunkelheit, Anonymität und Heimlichkeit verlangt, aber auch zugleich leidenschaftliche Liebeserklärungen erwartet).

Beide waren von je einem Mann flankiert, die ich sogleich, noch bevor sie mir vorgestellt wurden, als ihre Ehemänner identifizierte. Sie klagten über die Zeitverschiebung zwischen Paris und New York und vertrauten mir an: «Wir sind viel unterwegs!», wozu ich nickend murmelte: «Ich weiß, ich weiß! Nur zu, nur zu!» Die Gattinnen hatten das in solchen Fällen übliche komische Gesicht aufgesetzt, einen gewissermaßen besorgten Ausdruck, da sie das Urteil ihrer Liebhaber über den Ehemann immer stärker beschäftigt als das umgekehrte Urteil ... das auch mit großer Wahrscheinlichkeit nicht zu erwarten ist. Seit kurzem nun der Fraktion der Ehemänner zugehörig, gab ich vor, von diesen beiden Exemplaren recht beeindruckt zu sein.

Laurence befand sich in angeregter Unterhaltung mit dem Herrn von der Académie, den, außer gutem Essen, alles langweilte, denn seine Blicke wanderten erwartungsvoll immer wieder zur Tür des Eßzimmers. Die junge Witwe war zu blond, zu braun gebrannt, aber doch prächtig anzusehen, mit jenem unruhigen, etwas flackernden Blick, der Frauen eigen ist, die zu lange ohne Mann sind. Rastlos beäugte sie mal Valance, mal seinen Sohn und schien sich, sichtlich nicht ohne Bedauern, zu überlegen: «Für den einen ist es nun zu spät! Für den anderen war es von jeher zu früh!» Das war zweifellos der Grund, weshalb sie mir heimliche und heiße Blicke zuwarf, und auch meine beiden einstigen flüchtigen Geliebten fingen Feuer an unseren gemeinsamen Erinnerungen und machten mir schöne Augen. Aus der Rolle des Gigolo schlüpfte ich in die des «Prince charming», eines überforderten Prinzen allerdings, der nicht einmal den simpelsten Geboten der Höflichkeit nachkam. Bei Tisch saß ich links von Mannie, der Platz rechts neben ihr war der Académie Française vorbehalten.

«Ich mußte Waldo rechts von mir setzen», sagte Mannie entschuldigend, als wäre ich bei diesen Abendessen nicht immer ans Ende des Tisches oder neben Philibert placiert worden, wenn ihm eine Tischdame fehlte.

«Das ist der Preis für Ihre Jugend», fuhr sie fort, «aber glauben Sie mir, es ist ein geringer Preis, und so schlecht sitzen Sie auch nicht, wenn Sie von Ihrer guten alten Mannie einmal absehen.»

In der Tat, zu meiner Linken entfaltete die junge Witwe mit langen, männermordenden Krallen ihre Serviette, und ein wenig weiter auf der gleichen Tischseite, und damit unfähig, mich zu überwachen, saß Laurence, eingezwängt zwischen Valance und einem der Industriegatten. Ich streckte meine Beine unter dem langen Tischtuch aus, das wie üblich am Boden schleifte, und seufzte schon im voraus. Die

Diners bei den Valances bestanden nie aus weniger als fünf Gängen.

«Wissen Sie, daß Sie in Wirklichkeit besser aussehen!» sagte die Witwe, meine Nachbarin, plötzlich rundheraus. Einen Augenblick lang schwieg ich verdutzt.

«In Wirklichkeit besser?»

«Ja, besser als auf den Fotos.»

«Auf welchen Fotos?»

Viviane – die arme hieß tatsächlich Viviane – machte ein verlegenes Gesicht.

«Ich habe die anderen Zeitungen nicht gelesen», entschuldigte sie sich, «ich spreche nur von der heutigen Ausgabe.» Und da ich immer noch überrascht wirkte, warf sie mir einen mißtrauischen Blick zu und sagte pikiert: «Sie haben doch wohl den heutigen *Le Soir* gelesen?»

«Nein, warum?»

Über meinen Teller hinweg beugte sie sich zu Mannie hinüber: «Mannie, Monsieur, mein Nachbar zur Rechten, behauptet, er habe die heutige Abendausgabe nicht gelesen!...»

«Das halte ich für durchaus möglich», sagte Mannie nachsichtig und lächelte, «er ist so zerstreut! Haben Sie sie ihm denn nicht gezeigt, Laurence?»

Es lag ein vorwurfsvoller Ton in ihrer Stimme (so, als würden sie und ihr Mann sich immer alles erzählen). Laurence beugte sich über den Tisch und sah mich zweideutig und mit glanzlosen Augen an.

«Es gab keine Gelegenheit», sagte sie. «Um acht Uhr hat er noch geschlafen...»

«Aber ich habe sie! Ich habe sie aufgehoben!» wiederholte Valance in einem fort. Er genoß die Rolle des ironisch Exaltierten, er ging sogar so weit, aufzustehen und die fragliche Zeitung selbst zu holen. Als er zurückkam, schwenkte er sie in der erhobenen Hand und reichte sie mir mit der aufgeschlagenen Seite, die mich betraf. Überrascht sah ich mich über die Breite von drei Spalten hinweg allein auf der Terrasse eines Cafés sitzen und brauchte gute zehn Sekunden, um das *Fouquet's* zu erkennen. Die Überschrift des Artikels lautete: Der neue Midas der Musik läßt sich in den Pariser Cafés inspirieren.

«Midas! Midas!» Er hatte ins Schwarze getroffen, dieser Journalist, er hatte wirklich eine Eingebung gehabt! Midas oder Hiob, ich begriff eine ganze Zeit lang nicht, daß dieses unscharf fotografierte Individuum mit dem trunken seligen Ausdruck im Gesicht ich sein sollte. Als ich mich dann davon überzeugt hatte, suchte ich instinktiv sofort Jeannines Umrisse rechts von mir auf dem Foto, vielleicht ein wenig nach oben verschoben auf dem Gehsteig, dort, wo ich sie gesehen und angesprochen hatte... Aber sie war nicht auf dem Bild. Sie schien zu dem Zeitpunkt noch nicht angekommen zu sein, und in meiner Aufregung hätte ich sie fast auf der nächsten Seite gesucht.

«Gefallen Sie sich? Haben Sie das wirklich nicht gesehen, Vincent?» hörte ich Mannie fragen und hob den Kopf. Sie lächelte mir gerührt zu, und ich begriff plötzlich, was noch hinter diesem Empfang steckte, was der Grund war für Valances Interesse, für das Angebot des Pissarro, für das Erinnerungsvermögen der Frauen und für die komplicenhaften Blicke einiger anderer. Ich war nicht nur zu Reichtum gekommen, was weiter nicht schwer war, sondern darüber hinaus war ich prominent. Was sage ich? Ich war ein Star!

«Nein, wirklich nicht. Ich hatte keine Ahnung.»

Ich suchte Laurences Blick, aber vergeblich. Uns trennten fünf Personen.

«Laurence jedenfalls hat es gelesen!» bedeutete mir Mannie, die heute bösartiger war als sonst. «Hören Sie doch nur, was sie sagt! Entzückend... entzückend...»

Ich beugte mich vor und sah, daß das kleine Foto in der Mitte des Artikels nicht irgendeinen Journalisten zeigte, sondern Laurence selbst. Es war im übrigen ein sehr gelungenes Foto, das sie ihm, zusammen mit ihren wertvollen Informationen, gegeben haben mußte: «In den Cafés findet mein Mann für gewöhnlich seine musikalischen Themen, verrät uns die reizende Laurence, die Frau des in so kurzer Zeit dank *Unterm Regen* berühmt gewordenen Musikers. Und ein wahrer Dollarregen fiel herab...» und so weiter und so fort.

Hastig faltete ich die Zeitung wieder zusammen; ich erwartete fast, daß es weitergehen würde: «In diesem Café und auch in den Armen von Prostituierten verbringt der Komponist seine Nachmittage.» Aber nein, dieser Journalist war ein guter Junge, diskret, wenn vielleicht auch nur notgedrungen.

«Laurence», rief Mannie, «Vincent spielt den

Gleichgültigen. Er hat seinen Artikel nicht einmal zu Ende gelesen!»

«Mein Artikel!» Es war jetzt «mein Artikel»! Ich hatte einen kleinen Schlager komponiert – was für diese Leute hier wohl bereits zu hoch war, und wie Xavier Bonnat behauptete, stammte er zudem nicht einmal von mir; ich war ein Gigolo, vielleicht ein Dieb, aber was kümmerte mich das? Ich hatte viel Geld verdient, «mein» Foto war in «der» Zeitung; man kam nicht drumherum, mir Reverenz zu erweisen. Der Artikel plätscherte in der gleichen Art weiter: «Durch die Straßen von Paris laufend... nachdenkliche Spaziergänge... seine aufmerksame Frau... die schöne Laurence... seit Jahren verheiratet... vierundzwanzig Jahre... ein arbeitsames Leben in der Abgeschiedenheit... sein Steinway...» Es war grauenhaft.

«Das ist ja furchtbar», sagte ich leise und ließ die Zeitung zu Boden gleiten, ohne noch etwas hinzuzufügen.

«Sie sollten eigentlich zufrieden sein!» flüsterte mir mit leiser und vorwurfsvoller Stimme die Witwe zu.

Wie alle anderen Gäste war auch sie bestürzt und schockiert über meine Undankbarkeit der Presse gegenüber. Sich über die eigene Berühmtheit zu beklagen gehörte in der Tat zum guten Ton, dafür mußten es aber ein paar Artikel mehr sein als nur einer, selbst wenn dieser sich über drei Spalten erstreckte. Man mußte schon in einer Menge von Zeitungen und Magazinen gestanden haben, um stöhnend das Recht auf Privatleben und ein wenig guten Geschmack seitens des Publikums einklagen zu dürfen.

«Im Augenblick bin ich einfach nur glücklich, neben Ihnen sitzen zu dürfen», sagte ich entschlossen.

Sie fuhr hoch, rückte vom Tisch ab, und plötzlich begehrte ich sie wie wahnsinnig. Viviane war hübsch, fast hübsch; vollkommen artifiziell: die Haare, die Gesten, der Teint, der Körper, der Tonfall, aber ich hatte Lust auf alles. Ich wollte mich rächen, das war es, ich wollte mich rächen. Nur – völlig unlogisch – wünschte ich nicht, daß Laurence uns erwische. Ich mußte diese Frau besitzen, ich brauchte sie, und zwar noch vor Ende dieses Abends, mein Selbstbewußtsein stand auf dem Spiel. Ich mußte den primitiven Tölpel beruhigen, dem es an Raffinement mangelte und den plötzlich alles eine Spur zu sehr anwiderte, besonders seine eigene Prominenz.

«Sie sollten singen, Viviane», sagte ich voll Wärme und Überzeugung. «Mit dieser Stimme!»

Und ich preßte mein Knie unmißverständlich gegen das ihre und sah sie unverwandt an. Sie hustete, hielt sich die Serviette vors Gesicht, und als sie sie wieder auf den Tisch legte, war sie unter ihrem falschen Teint errötet (ihr Bein hatte sie nicht zurückgezogen).

«Glauben Sie wirklich?» fragte sie eine Oktave höher. «Das hat man mir schon einmal gesagt. Aber von Ihnen ... Ich muß gestehen ...»

Ich lächelte sie an und benahm mich für den Rest des Abends wie ein Barbar. Mit der einen Hand schnitt ich das Fleisch, trank meinen Wein und unterstrich das wenige, was ich zu sagen hatte. Mit der anderen eroberte ich ihre Scham und brachte, unter dem Schutz ihres Kleides, ihre Nervenenden in Aufruhr. An einem bestimmten Punkt – sie war bis auf die Stuhlkante vorgerückt – hörte sie mitten im Satz auf zu sprechen, zuckte, beugte sich über den Tisch, stützte ihren Oberkörper ab, den Kopf nach vorn geneigt, die Augen halb geschlossen, und biß sich mit einem lautlosen Japsen auf die Unterlippe. Ich rührte mich nicht, sondern bedachte sie, wie ihre anderen Tischnachbarn auch, mit einem höflichen und erstaunten Blick. Sie faßte sich nach wenigen Sekunden, und ich bewunderte die Fähigkeit der Frauen, en passant die derbsten Spielarten der Lust mitzunehmen und dies mit vollkommener Natürlichkeit. Ich legte meine Hand wieder auf den Tisch, Viviane richtete sich auf, öffnete die Augen, setzte sich auf ihrem Stuhl zurecht, und ihr Blick war genauso wenig verändert wie ihre Stimme.

«Verzeihen Sie», sagte sie zu dem zuvorkommenden Menschen zu ihrer Linken, der sich zu ihr gebeugt hatte und vermutlich die Hoffnung hegte, ihr seine medizinischen Erfahrungen mitteilen zu können.

«Verzeihen Sie! Von Zeit zu Zeit befällt mich ein heftiger Leberschmerz. Hier!» fügte sie hinzu und wies mit ihrer beringten Hand auf ihre Taille.

«Dort? Dann ist es die Bauchspeicheldrüse!» sagte er mit professioneller Bestimmtheit.

Obwohl er sich vor allem mit Krebs beschäftigte,

war sein Mitgefühl allmählich umfassender geworden, und es gab nun nichts mehr im menschlichen Körper, was seiner Diagnose und seinem karitativen Elan entging.

«Wissen Sie denn schon, was Sie mit Ihrem kleinen Vermögen anfangen werden, mein lieber Vincent?» fragte mich Valance von weitem mit einem gütigen Lächeln.

Ich sah das angenehm amüsierte Gesicht von Laurence und wünschte mir sogleich, daß sie fünf Minuten früher für eine Sekunde unter den Tisch getaucht wäre... Aber Vivianes Vergnügen hatte auch mich entspannt, und ich verspürte nur noch schwache Lust, mich zu rächen, ausreichend schwach, um mich in aller Ruhe darauf vorzubereiten.

«Aber hat Ihnen Laurence denn nichts erzählt?»

Valance sah erstaunt auf und seine Gäste auch.

«Nein? Was ist sie doch für eine Geheimniskrämerin! Meine Tantiemen fließen direkt auf ihr Konto, auf Laurences Namen, sowohl rückwirkend wie auch in Zukunft. Das haben wir gemeinsam beschlossen.»

«Du willst damit sagen, daß wir ein gemeinsames Konto eröffnet haben», berichtigte Laurence frostig, aber ich unterbrach sie:

«Stimmt, mit der Einschränkung, daß ich alle Schecks bereits unterschrieben habe, was Sie sich sicher denken können, und Laurence sie in die Tasche gesteckt hat. Mit welchem Recht sollte ich nach dieser ganzen Zeit auch nur einen Centime für mich behalten? Sie alle sind durchaus in der Lage, ermessen zu können, wieviel ich meiner Frau schulde», sagte ich in einem Anflug von Laune und küßte ergeben Mannies leblose Hand, die, wie ihr ganzer Körper, erstarrt zu sein schien. Ihre Finger fühlten sich an meinen Lippen schlaff und eisig an. Alles schien einen Moment lang verblüfft, dann umfing mich eine Welle von Mitleid: Dieser Bursche, ob prominent oder ein Niemand, mußte wahrhaftig ein Narr sein.

«Ich weiß, ich weiß, es kommt Ihnen wahrscheinlich ein wenig übertrieben vor», fuhr ich munter und locker fort. «Eine Million Dollar immerhin... Auch wenn Laurence mich sieben Jahre lang wahnsinnig verwöhnt hat, so hat sie das gewiß keine sieben Millionen alte Francs im Monat gekostet. Niemals! Wir wollen doch nicht übertreiben. Nicht wahr, mein Liebling?»

Ich lächelte ihr zärtlich zu. Die nunmehr vollkommene Stille war bedrückend geworden. Auch wenn alle mein Kalkül hatten nachvollziehen können, so empfanden sie es doch als Gipfel der Geschmacklosigkeit und Absonderlichkeit. Unerhört, seit wann zahlt ein Gigolo seiner Maîtresse (oder seiner Frau) die Schulden zurück? Seit wann kümmert ihn die Differenz zwischen Kosten und Rückzahlung? Niemand konnte meiner Logik folgen.

«Nein, nein, nein, ich habe doch nie im Leben soviel gekostet, ich schwöre es», versicherte ich und betrachtete Laurence weise und stolz, die mit einem gefrorenen Lächeln auf den Lippen stoisch sitzen blieb.

«Natürlich nicht», gab sie mit leiser Stimme zu, ohne mich anzublicken.

Hatte sie es für sich schon ausgerechnet? Oder war in unserem süßen Nest am Boulevard Raspail Odile die einzige, die mit Zahlen einigermaßen umgehen konnte?

«Aber da ist noch etwas! *Unterm Regen*, Sie kennen doch die Filmmelodie *Unterm Regen*, ich hoffe es zumindest!...»

«Aber gewiß doch, ja, ja! Selbstverständlich», sagte die Académie plötzlich hellwach und fixierte mich fasziniert durch die Brille.

«Nun ja, *Unterm Regen*, jetzt kann ich es Ihnen ja sagen, ist zur Hälfte von Laurence komponiert worden!»

Wieder Schweigen. Laurence hob die Hand und hauchte:

«Nein, nein!»

Ich aber fuhr unbeirrt etwas lauter fort:

«Doch, doch! Ich klimperte vor mich hin und suchte nach etwas. Ich hatte gerade die zwei ersten Noten, den Akkord, gefunden: C, D; C, D, und, siehe da, wer kam und vollendete schwungvoll die Melodie, F, H, A, G, A, C, D, oder täusche ich mich, war es vielleicht doch A, C, F, D? (Ich verstehe vom Komponieren trotz allem, was Laurence erzählen mag, nicht sehr viel.) Nein, ohne sie hätte es *Unterm Regen* nicht gegeben, auch die Filmmusik nicht, ebensowenig die Dollars.»

Und da mich Valance ungläubig ansah, fügte ich hinzu:

«Und raten Sie mal, was Laurence mir von unserem ersten Geld schenkte – genaugenommen jetzt von *ihrem* Geld: einen riesigen Steinway! Mein ganzes Leben habe ich davon geträumt.»

Mit diesem Satz schloß ich meine Rede und schaute triumphierend in die Runde, Philibert erwiderte als einziger meinen Blick. Mit einem Seufzer machte ich mich über meine Vanillecreme her – Vanillecreme gehörte schon immer zu meinen Lieblingsspeisen – und war zufrieden, daß Mannie sich daran erinnert hatte, was ich ihr auch sagte. Sie nickte bedächtig, schien aber über mein Kompliment mehr verärgert als erfreut, erhob sich rasch und gab damit nach diesem Schweigen das Zeichen, in der fröhlichen Unterhaltung fortzufahren. Mir blieb kaum Zeit, meine Nachspeise aufzuessen und noch weniger Zeit, sie zu genießen.

NEUNTES KAPITEL

Auf der Rückfahrt schaltete ich ganz mechanisch das Autoradio ein, um die Stille zu unterbrechen. Ich hatte gegen Ende noch mit dem Mann einer meiner vorübergehenden Geliebten, einem gutaussehenden Typ, der sich zudem als recht sympathisch erwies, eine ganze Reihe von Cognacs getrunken. Die Frage stellte sich mir durchaus, warum seine Frau ihn mit mir betrogen hatte... Damals hatten sie und ich beschlossen, uns wiederzusehen, und uns, nach einigen scheinheiligen und undefinierbaren sportlichen Versuchen, auf eine Partie 421 in einer Bar in der Nähe der Madeleine geeinigt. Zurück zu diesem Abend: Wieviel verschiedenartige Nervenkitzel hatte ich doch erlebt: von der Ästhetik zur Prominenz des Rampenlichts, von der Erotik zur Komödie, sowie die Freuden der Lächerlichkeit, diejenigen lächerlich zu machen und sich lächerlich zu fühlen, wobei ich zugebe, daß sie nicht zu verachten sind. Und zudem kannte ich nun die Annehmlichkeiten männlich-kollegialer Wertschätzung.

Selbst im Profil war es Laurences Gesicht anzusehen, daß ihr Abend längst nicht so befriedigend verlaufen war wie der meine. Ich hatte, wie gesagt, das Radio eingeschaltet und geriet nach einer Sendung mit gutem Jazz unweigerlich in die ersten Takte von *Unterm Regen*, die auf dem Saxophon gespielt und mit wunderbaren Variationen ausgeschmückt waren. Plötzlich war ich stolz auf mich: Meine Musik war offen für Improvisationen, eigenständig, eine reine Musik. Sie war selbstverständlich, ohne flach oder gefällig glatt zu sein, und ein wenig verspätet wunderte ich mich über mich selbst, ihre Urheberschaft so ohne weiteres jemand anderem überlassen zu haben. Auch wenn ihre Früchte in einen fremden Korb fielen, so gehörte sie doch mir – sie war das einzige, das wirklich mir gehörte und mir allein, da sie meinem Hirn, meinen Träumereien, meinem Gedächtnis und meiner musikalischen Phantasie entsprungen war. Niemand würde daran etwas ändern können. Nur jetzt im Radio kam sie mir ungelegen – es wirkte, als wolle ich Laurence provozieren (als ob ich für die Musikprogramme im Radio verantwortlich wäre!). Zwischen Laurence und Coriolan, der meine Dummheit verfluchte, sobald ihm zwischen den Resultaten der Rennen unausweichlich *Unterm Regen* entgegentönte, konnte ich also nicht gerade behaupten, von einer enthusiastischen «Claque» umgeben zu sein.

Ich machte mir Sorgen um Coriolan. Wie sollte ich ihn jetzt oder in Zukunft unterstützen, wenn wir unsere 70000 Francs in Longchamp oder anderswo aufgebraucht hätten. Die Rennbahn war ja nicht der einzige Ort, an dem man Geld, und zwar auf angenehmste Weise, verjubeln, allerdings auch vermehren konnte, wofür ich an jenem Nachmittag den Beweis erbracht hatte. So sicher ich mir meiner Fortune heute gewesen war, so sicher war es auch, daß ich eines Tages irgendwo ziemlich alles verlieren würde. Ich war ein vernünftiger Spieler, wie übrigens viele andere auch, egal, was jene seltsame Gattung von Nicht-Spielern denken mag, die in ihrem Konformismus jeden Spieler auf dem Turf oder am grünen Filztisch stranden sehen wie einen freiwillig Schiffbrüchigen tausend Meilen vom Festland entfernt. Sie irren, diese amputierten Klugschwätzer, niemand geht so streng und umsichtig an eine Sache heran wie ein echter Spieler, solange er sich gefährdet fühlt; allerdings nur am Anfang, denn seine ‹terra firma› scheint sich immer stärker von jedem echten Kontinent loszulösen – in diesem Punkt gleicht dieses Stück Festland dem tristen Alltag, der auch keine Süße mehr enthält –, bis eines Tages die Situation verständlicherweise kippt und das einzig verläßliche Festland unter den unberechenbaren Pferdehufen zu liegen scheint, und die Chips der Spielkasinos das einzig wahre Leben verkörpern, denn nichts ist letztendlich mühsamer und grausamer als der Alltag. Und um diese Lobeshymne auf das Laster abzuschließen: Nichts ist lebendiger und ehrlicher als die Farben der Trikots oder der Chips, nichts ist bunter als die Rennbahn oder der verräucherte Saal in einer Spielbank, nichts ist schwereloser als der Gang eines

Vollblüters oder der Chip über eine Million; und um Sieg oder Niederlage zu erfahren, gibt es keine diskretere Geste als das Aufdecken von zwei Karten. Wie vorhin auf Viviane hatte ich plötzlich Lust zu spielen, unwiderstehliche Lust. Ich fühlte die verlangsamten Schläge meines Herzens, mein zähflüssiges, aber drängendes Blut, ein despotisches Blut, das ich fast nicht mehr als das meine erkannte, vielleicht, weil ich es zu lange mit Wasser und Langeweile verdünnt hatte.

«Halt an», sagte ich, «bitte!»

Laurence bremste so heftig, daß ich mit der Stirn an die Windschutzscheibe schlug.

«Ich habe Lust auf ein Spiel. Schau! Dort oben. Genau dort oben.»

Und mit dem Kinn deutete ich auf die Etage, wo mich, wie ich wußte, die Spieltische und die Karten erwarteten. Beim Anblick ihres verzerrten Gesichts bekam ich Mitleid mit ihr und forderte sie auf: «Komm doch mit, wenn du willst. Komm, es macht Spaß.»

Sie antwortete nicht, sie rührte sich nicht, als hätte sie mein Eifer versteinert. Ich stieg aus, warf die Tür zu und ging um den Wagen herum. Der Gehsteig tanzte unter meinen Füßen. Ich beugte mich zum Fenster hinab: «Fahr langsam! Ich werde bald zurück sein.»

Vom Gehsteig aus beobachtete ich, wie sie, immer vorsichtig, ein- oder zweimal das Abblendlicht ausprobierte, die Scheinwerfer ein- und wieder ausschaltete, losfuhr und sich entfernte, wortlos, ohne einen weiteren Blick. Ehe sie verschwunden war, hatte ich mich bereits umgedreht und mich in die Arena der Spieler gestürzt.

Ich will mich bei den Erlebnissen dieser Nacht nicht en détail aufhalten, nur soviel sei erwähnt: Sie waren überwältigend. Gegen Vorlage des Bankschecks war meinen Mitspielern jede Summe recht. Ich bin überzeugt, daß ich dies jenem ominösen Zeitungsartikel verdankte. In den ersten fünf Stunden verlor ich unvorstellbar hohe Beträge, aber bei Tagesanbruch hatte ich sie fast vollständig wieder eingespielt. Ich machte mich also zu Fuß auf den Weg, ohne einen Centime in der Tasche, dafür aber stolz und glückselig. Es hatte nicht viel gefehlt, und ich wäre ein Vermögen losgeworden, ich hatte aber nicht aufgegeben und mich erneut in den Kampf gestürzt und war bestens damit gefahren. Ich war stolz auf mich, ich befand mich in einer Euphorie, was keiner versteht außer einem Spieler. Dazu muß man wissen, daß der Spieler nicht im Präsenz denkt, sondern im konditionalen Futur, und daß es mir nie in den Sinn kam zu sagen: «Ich habe soundso viel verloren...», sondern «ich hätte soundso viel verlieren können...», wobei das Optimistische in dieser Konjugation zu keinem geringen Teil den Reiz des Spiels ausmacht.

Mein Fußmarsch führte mich vom Opéra zum Lion de Belfort. Nebelschwaden schlichen an diesem jungen Morgen leise wie Schurken unter den Brücken durch. Und Paris hatte etwas von einer arglos schlummernden schönen Frau. Auf der ganzen Welt gab es keine schönere Stadt, keine glücklicheren Menschen als uns.

Es war ungefähr sieben, als ich am oberen Ende des Boulevard Raspail zu Hause ankam – in der Wohnung, die ich mein Zuhause zu nennen versuchte, auch wenn mein Zimmer bereits nicht mehr das meine war. Trotzdem empfände ich es vielleicht als unrechtmäßiges Eindringen, wenn Laurence sich an meinem alten Studio vergreifen würde. Jedesmal wenn ich in meinem Leben je ausgezogen war, waren es nicht die Räume, die ich am meisten vermißte, da ich dieses Gefühl, zu Hause zu sein, nur ein einziges Mal, bei meinen Eltern, gekannt hatte, in der Wohnung, in der ich bis zu meinem achtzehnten Lebensjahr aufgewachsen war: dort war ich zu Hause, das heißt, zugleich bei ihnen und bei mir. Bei der Beerdigung meines Vaters, der nach meiner Mutter gestorben war, hatte ich um beides geweint: um ihn und um unser Zuhause in der Rue Doublet, das nun andere übernehmen würden. Ansonsten hatte ich mich überall nur auf der Durchreise empfunden, außer in einem Hotelzimmer, in dem ich sechs Jahre verbracht hatte. Als ich einmal in das Hotel zurückkehrte, erfuhr ich zu meinem Schrecken und Entsetzen, daß das Zimmer inzwischen von jemand anderem bewohnt wurde. Heute beschäftigt mich diese Frage in bezug auf die Wohnung am Boulevard Raspail, in der ich mich, wenn nicht zu Hause, so doch zumindest als Mieter auf Lebenszeit gefühlt hatte. Wenn es zum schlimmsten käme, könnte ich sie nie wieder betreten ohne das Gefühl, verbannt worden zu sein oder mich geirrt zu haben, das war mir klar. So weit, so gut, es wäre allein meine Schuld, es geschähe mir recht: Ich hätte nie vergessen dürfen, daß man nie und nirgendwo zu Hause ist, und daß die Beziehung zwischen einem steinernen Wohnblock und einem dieser sterblichen Vögel unserer Gattung sich nur auf starke, auf ungleiche Machtverhältnisse begründet. Die Grausamkeit des Geldes wird nirgends zwingender deutlich als im Immobilienbesitz: Entweder man ist Besitzer oder man hat an der Tür stehenzubleiben.

Ich frühstückte im *Lion de Belfort*, der eben aufgemacht hatte. Und mit respektvollem Entsetzen beobachtete ich die Männer an der Bar, die unausgeschlafen und verhetzt zur Arbeit gingen, Männer, die eben ein normales Leben führten. Die Fröhlichkeit verging mir: In den vergangenen sechs Monaten hatte ich einen Hit geschrieben, ein Vermögen verdient und wieder verloren und war nun im Begriff, mich von meiner Frau hinauswerfen zu lassen. Was sollte nur aus mir werden? Diese seit sieben Jahren verdrängte Frage stellte sich heute ungleich härter als damals. So gut es mir im allgemeinen gelang, sie in meiner üblichen Unbekümmertheit jederzeit wegzuschieben, so konnte mich doch meine Vernunft zuweilen nicht davon abhalten, mir ins Ohr zu brüllen: «Was wird aus dir? Wie und wo willst du leben? Was weißt du? Was kannst du überhaupt? Wie willst du Arbeit und hartes Leben aushalten?» Mit diesen Gedanken betrat ich die Wohnung doch recht beklommen. Ich schlich mich an Laurences Zimmer vorbei, mit dem Gefühl eines säumigen Mieters: mit angehaltenem Atem und auf Zehenspitzen, so wie damals, als ich bei meiner Hotelwirtin im Quartier Latin mit der Miete einige Wochen im Rückstand war.

Als ich mich hingelegt hatte, wagte ich kaum, «auf den Punkt zu kommen». Abgesehen davon, daß es mir ohnehin nicht gelingen würde, kannte ich von vornherein das Ergebnis: Wenn ich lange und sorgfältig nachdenken, wenn ich mein Unrecht, meine Gründe und diejenigen von Laurence gegeneinander aufwiegen und daraus die logische Bilanz unseres jeweiligen Verhaltens ziehen würde, käme ich gewiß gut dabei weg. Sollte es aber um Gefühle gehen, so wäre ich mit Sicherheit kein eiskalter Sieger mehr.

Es war unnötig und überflüssig, alles zusammenzufassen, auszuarbeiten und einen Schlußstrich zu ziehen: Bis auf die Tatsache, daß ich mich nicht schuldig fühlte, mich seit Beginn der Feindseligkeiten niemals und in keinem Punkt, von meiner Leichtlebigkeit einmal abgesehen, schuldig gefühlt hatte. Die Anklage gegen Laurence wog schwerer, und «Vorsätzlichkeit» war in diesem Prozeß zumindest ein zusätzlich belastendes Moment, das in meinen Akten fehlte.

Ich konnte nicht schlafen auf meiner schmalen Liege. Im Dunkeln schaltete ich das Radio ein und erwischte das Septett von Beethoven, das mich, wie nach einer Gehirnwäsche wund, den Tränen nahe wie ein Jüngling zurückließ. Ich hätte diese Musik nicht hören sollen, sie verkörperte alles, was Liebe zu geben hat: gütige Sanftmut, leidenschaftliche Fröhlichkeit und vor allem Zärtlichkeit, sowie dieses unerschütterliche gegenseitige Vertrauen. Alles, was ich nie erlebt hatte und wovon ich immer nur Illusionen, Trugbilder haben würde, meist mühsam selbst zurechtgebastelt und meist zur falschen Zeit. Jene Art von Liebe, in der ich nicht behaupten konnte, große Erfahrung zu haben, außer in dem Maße, als ich die längste Zeit daran geglaubt, somit darunter gelitten und mehr Vertrauen und Verletzbarkeit investiert hatte als Laurence. Jene Art von Liebe eben, die nicht empfunden zu haben beschämend und nicht entfacht zu haben verzweiflungsvoll ist. In anderen Worten: jene Liebe, die mit der peinlichen Komödie zwischen Laurence und mir nicht das geringste zu tun hatte. Es ist die Rede von jener anderen Liebe, von der mir in dieser Nacht unter anderem ein Baß, eine Klarinette und ein Cello erzählten, und etwas rührte mich an und ließ mich schwach und traurig zurück.

Der Tag dämmerte herauf, er war da und ich war immer noch wach. Ich blickte mich an, ohne mir etwas vorzumachen, ohne forsche Arroganz und ohne meine übliche Unbekümmertheit und sah einen armen Kerl, der geglaubt hatte, der Gesellschaft entkommen zu können und den diese Gesellschaft sowie seine eigene Frau schließlich eingeholt hatten und nunmehr verachteten, einen armen Kerl, mit dem es abwärtsging, dem nur mehr ein einziger Freund geblieben war, einen armen Kerl, der zudem Alkoholiker war und der seine beiden einzigen

Chancen nicht genutzt hatte. Jetzt stand ihm das Schlimmste bevor: Armut und Erniedrigung. Ich lag erschöpft, hilflos und, wie ich meinte, bei glasklarem Verstand auf dem Bett. Es ging mir wie vielen, vielleicht jedem: In meiner pessimistischen Stimmung glaubte ich klarzusehen – meinem Glücksgefühl gegenüber war ich immer mißtrauisch gewesen. Ich wußte zwar genau, daß es zum Schlimmsten nicht zwangsläufig kommen mußte, daß es mir nur so schien. Aber in dieser Nacht waren all diese schlauen Lebensweisheiten wie weggewischt. Widerstandslos überließ ich mich der Verzweiflung und dem schlechten Gewissen, um so mehr, als mich solche Krisen so selten überfielen und allein schon die Tatsache, daß sie so selten auftraten, ihnen eine gewisse Glaubwürdigkeit verlieh.

Außerdem brauchte ich mir nichts vorzumachen: Ich allein war der Grund für meine Verzweiflung, dieses kraftlose Ich ohne Selbstvertrauen und Leichtigkeit, ein infantiles Ich, das kleinmütig, armselig war; diesem Ich nahm ich eigentlich alles übel, nicht dem Leben an sich, denn es gab ja noch ein anderes Ich, das mir für gewöhnlich das Leben sehr angenehm machte.

Ich schlief erst mit den ersten Sonnenstrahlen ein.

Ich wachte auf mit einem Gefühl, als hätte man mir ins Gesicht getreten, was mich sofort an die Cognacs der vergangenen Nacht erinnerte und vage Schuldgefühle auslöste, aber auch eine gewisse Besorgtheit, als hätte Laurence noch das Recht, mich zu bestrafen. Eigenartigerweise gelang es mir nicht, mir mein Leben ohne ihre Sanktionen vorzustellen. Schlimmer noch, ich sehnte mich gewissermaßen nach ihnen. Vielleicht lag meine innere Balance in der Unausgewogenheit unserer Gefühle: Ihre waren wild und stürmisch, meine waren verschwommen und unbestimmt. Vielleicht ärgerte ich mich weniger darüber, daß sie maßlos und gefährlich, als darüber, daß das Ganze eine halbherzige Sache geworden war und keine Sicherheit mehr bot. Einfacher gesagt, ich konnte mir nicht vorstellen, daß sie auf meine Anwesenheit so großen Wert legte, wenn ich nicht mehr die geringste Zuneigung für sie empfand. Wie auch immer, an jenem Morgen sehnte ich mich wehleidig nach einer Entente cordiale, denn allzu lange würde ich ihre Sarkasmen, ihre bösartigen Anspielungen und diese feindselige Atmosphäre nicht mehr ertragen können. Ich stand auf, kleidete mich rasch an, spielte ein paar Noten auf dem Klavier, donnerte mehrere Male hintereinander zwei oder drei Akkorde hin, um mich zu entspannen und versuchte anschließend, Coriolan im Café zu erreichen, wo ich ihn auch fand. Wahrscheinlich erzählte er gerade von unseren Erfolgen beim Rennen, da ich am Telefon triumphierende Töne aus seiner Stimme heraushörte.

«Ich habe mich verspätet.» Er lachte nur und ich begriff, daß er betrunken war.

«Komm endlich!» sagte ich kurz angebunden. «Komm jetzt herüber! Ich habe dir von dem Steinway erzählt und dir nicht einmal etwas vorgespielt. Außerdem habe ich dir eine Menge zu erzählen.»

Schweigen am anderen Ende.

«Aber... was ist mit Laurence?»

«Na und? Jetzt ist es ohnehin egal! Außerdem ist sie ausgegangen», fügte ich wacker hinzu. Ich entnahm dem Rhythmus seines Atems, daß seine Reserviertheit schmolz. Fünf Minuten später standen wir beide in meinem Studio, und die von diesem überraschenden Besuch begeisterte Odile, das arme Unschuldslamm, servierte uns Kaffee, während der Steinway von den Klängen unserer Akkorde widerhallte.

«Welch ein Klang!» Coriolan war wie geblendet. «Man kann nichts beschönigen auf diesem Flügel. Was spielst du denn da zum Beispiel?»

«Zwei Akkorde, nichts Besonderes. Es ist der Steinway, der ihnen die Allüre einer Ouverture verleiht.»

«Wirst du ihn mitnehmen?»

«Es kommt darauf an, wo wir wohnen werden. Man kann sich mit ihm nicht einfach aus dem Staub machen.»

Coriolan wieherte bei dieser Vorstellung vor Vergnügen, und Odile, die bis dahin sein nobles Profil bewundert hatte, zuckte beim Anblick seines Riesengebisses und seiner leutseligen Miene zusammen. Sie verschüttete ein wenig Kaffee auf den Fußboden, stieß ein paar Schreie aus wie eine Eule und ging in der Küche einen Wischlappen holen.

«Wieviel Schläge gibt es denn in solchen Fällen?»

erkundigte sich Coriolan mitleidig. «Was treiben Sie da eigentlich auf dem Fußboden, was wischen Sie wie eine Sklavin herum? Ein so wunderbares Geschöpf wie Sie, Odile, nein, so etwas! Unsere Zarin ist schon so nicht einfach, wie ich mir vorstellen kann, und jetzt wird sie auch noch von ihrem Günstling verlassen, das wird ja fürchterlich!»

Odile nickte; sie schien von meinem unmittelbar bevorstehenden Auszug ebenso überzeugt zu sein wie Coriolan, und darüber erschrak ich doch sehr. Sie hatten es aber wirklich eilig!

«Beruhigen Sie sich, meine kleine Odile, das letzte Wort ist noch nicht gesprochen!» Ich bemühte mich, meine Stimme männlich klingen zu lassen, sah aber, wie beide zu Boden blickten und reagierte darauf. Sie hatten zweifellos recht, ich mußte gehen, und zwar sofort. Es ging weniger um das «Wann» als um das «Wohin». Und außerdem beunruhigte mich nicht nur die Tatsache, daß ich nicht wußte wohin, sondern die Vorstellung, meine Sachen packen zu müssen.

«Aber mein letztes Wort, adieu, ist schnell gesagt!» fügte ich entschlossen hinzu, wie um den vorangegangenen Satz zu beenden. «Ich beeile mich.»

Ihre Erleichterung bedrückte mich. In was für eine Geschichte war ich hineingeraten! Unter keinen Umständen wollte ich Laurence alles, was sie mir angetan hatte, vergeben: daß sie mir mein Geld gestohlen, mich gedemütigt, wie einen Dienstboten behandelt, mich lächerlich gemacht hatte und was weiß ich noch alles... Daß meine Reaktionen aber so wenig eindeutig waren, beunruhigte mich, als wäre dies ein Indiz für meinen schwindenden Stolz. Ich durfte es nicht ruhig hinnehmen, das spürte ich genau. Erst gestern hatte ich bei den Valances die Bombe hochgehen lassen. Ich brauchte nur ein wenig zu warten, der Sturm meiner Entrüstung würde mich gewiß in jedem Augenblick davontragen. Ich versuchte, mich in eine Wut hineinzusteigern, aber mein noch nicht abgeklungener Kater stand mir mächtig und dumpf im Wege. Ich war plötzlich gegen Coriolan, Odile und alle ihresgleichen gereizt. Warum hatten sie es denn so eilig, warum waren sie so fordernd? Ihnen zufolge hätte ich mich stets vorbildlich und eindeutig verhalten sollen: ein Verhalten, das einem das Leben vergiftet und es kaputtmacht. Was immer geschehen mochte, ich weigerte mich, mich selbst zu verachten. Ich lehnte es ab, mich der wachsenden Zahl all derer anzuschließen, die mich nur noch als Parasiten oder Kretin einschätzten. Und wenn es nur noch einen Menschen auf Erden gäbe, der etwas von mir hielte, so wäre ich eben derjenige!

Vor sieben Jahren bereits, will man Laurences Vater Glauben schenken, soll ich ihrer nicht würdig gewesen sein. Ich aber wußte damals schon, daß ein Mann einer Frau nicht automatisch dadurch würdig wurde, daß er sie anständig vögelte. Und jetzt hatte ich erfahren, daß auch eine Frau, die einen Mann anständig aushält, seiner nicht automatisch würdig ist. Doch Laurence mochte dieses Prinzip nicht zur Kenntnis oder angeblich nicht zur Kenntnis nehmen. Und das war das eigentliche Problem, die vordringlichste aller Fragen, aus denen sich die anderen ableiten ließen. Daß ich mich beinahe befreit hätte, war eine Sache, daß sie mich daran gehindert hatte, eine andere. Und daß ich es übelnehmen mußte, die dritte.

Wie die Antwort auch lauten mochte, ich war nach wie vor und mehr denn je davon überzeugt, ja sogar sicher, daß ich Laurence nur übers Knie legen und ihr eine Tracht Prügel verpassen mußte, um unsere Ehe wieder ins Lot zu bringen. Vielleicht irrte ich mich. Vielleicht war dieser Gedanke töricht und entwürdigend. Wie sollte ich das wissen? Und was verstand ich schon vom Leben? Nichts. Immer weniger. Überhaupt nichts. Das Leben ist eine vage, öde und lächerliche Angelegenheit. Alles langweilte mich; ich wollte nur eins: schlafen, ein Aspirin und weiterschlafen... Man erwartete von mir, daß ich mein Leben ändere – wozu ich zur Not in der Lage gewesen wäre –, um den Preis des Kofferpackens allerdings war ich dazu außerstande.

«Hör mal», fragte Coriolan, «gibt es hier denn nichts zu trinken in deinem piekfeinen Salon aus dem Second Empire?»

Nachdem er seinen Kaffee artig ausgetrunken hatte, fühlte er sich befugt, seine alkoholische Runde fortzusetzen.

«Wie meinst du das?» fragte ich.

«Weil deine Möbel aus der Zeit Napoleons III. stammen, mein Bester. Wußtest du das nicht? Immerhin, in sieben Jahren hättest du schon mal einen Blick darauf werfen können! Deine Frau hat diesen Salon bestückt, nicht wahr? Die Ein-rich-tung!» sagte er, die Silben einzeln betonend.

Unterdessen waren wir in besagtem Salon angekommen, ich öffnete die Bar und holte eine Flasche mit zwei Gläsern hervor. Coriolan hatte sich auf das Sofa gesetzt, das unter seinem Gewicht ächzte, und freute sich bereits auf die Flasche. In diesem Augenblick hörten wir die Klingel und Odiles Stimme im Eingang.

«Monsieur Chatel!» rief sie aus und sprach besonders laut, um uns zu warnen. «Monsieur Chatel! Was für eine nette Überraschung!»

Mein Schwiegervater war gekommen, um alles wieder in Ordnung zu bringen. Ich drückte hastig mein volles Glas Coriolan in die Hand und setzte mich ihm gegenüber, mit zusammengepreßten Knien wie ein Pennäler, der sich wegen Diebstahls auf eine Standpauke gefaßt macht. Was wiederum ein Zeichen dafür war, daß ich mich in dieser Wohnung nie zu Hause gefühlt, meinen Verstand nie beieinander gehabt hatte.

«Ist meine Tochter nicht zu Hause?» hörte ich die dröhnende Stimme meines Gauners von Schwiegervater fragen.

Plötzlich kam mir in den Sinn, daß er mich um mein ganzes Vermögen gebracht hatte, was mir einigen Mut gab. Aber schon stürmte er in den Raum wie ein wütender Stier, würdigte mich eines verächtlichen Blickes – worauf sich alles in mir verkrampfte – und musterte Coriolan, der es sich bequem gemacht hatte, von Kopf bis Fuß.

«Monsieur?»

«Señor!» verbesserte Coriolan im Aufstehen und

klappte dabei seine volle Länge von 198 Zentimeter auf, die, wie ich erst jetzt bemerkte, in einem teuren Traueranzug steckte. Damals, zu meiner Hochzeit, hatte ich ihm einen schwarzen Anzug geschenkt, den er, von diesem Anlaß abgesehen, nur zwei weitere Male getragen hatte: zur Beerdigung seines Schrotthändlers und bei einer seltsamen Feier in der École des Beaux-Arts. Der Anzug machte einen recht guten Eindruck, wie mir, aber auch meinem Schwiegervater auffiel, der ihn leichthin, aber nicht ohne Respekt begrüßte.

«Monsieur Chatel, el Señor Latello!» stellte ich mit rollendem «L» und betontem «O» vor, «aus der Familie Latelot, Spediteure, Familienbesitz, vierzehntes Arrondissement», und zu Coriolan gewandt: «Monsieur Chatel ist der Vater meiner Frau. – Monsieur Latello ist Bevollmächtigter des Hauses Gramophono in Madrid und zuständig für meine Autorenrechte.»

«Monsieur!» erwiderte mein Schwiegervater aufmerksam interessiert, bereits ein Geschäft witternd.

«Señor!» grüßte Coriolan und trat einen Schritt vor, aber mein Schwiegervater wich nicht zurück.

Ich bewunderte den Mut hinter seiner Brutalität. Ich mußte damit rechnen, daß er in Coriolan den traurigen Säufer und Schürzenjäger erkannte, der den Dienstmädchen nachgestellt und damit bei der Hochzeit seiner Tochter für einen Skandal gesorgt hatte, aber damals hatte er ihn in der Dunkelheit, wie er da betrunken, zerzaust, verknittert und obendrein vergnügt auf einem Bett ausgestreckt lag, kaum erkennen können. Diese Gestalt war meilenweit von dem spanischen Gentleman entfernt, der hier vor ihm am Boulevard Raspail auf dem Sofa saß.

«El padre de la Señora Laurens?»

Coriolan ergriff die Hand meines Schwiegervaters und hielt sie in der seinen.

«Si», stammelte der Unglückliche, «si! Yo soy... Äh... I am... ich bin el padre von... meiner Tochter! You... Sie kennen sie?»

«Si, si, la conozco! Ah, bueno! Aqui es el padre y aqui es el marito! Bueno!» (Der Trottel sah nun völlig entzückt drein, packte uns beide mit je einer Hand bei den Schultern und preßte uns an je eine seiner Seiten, wogegen wir uns verzweifelt wehrten, um uns nicht plötzlich, Nase an Nase an seine Brust gedrückt, gegenüberzustehen.) «Povres bougros! Si, si, si!» fuhr Coriolan unbeirrt fort. «La conozco! La conozco!» Und der Schwiegervater ließ uns los, nicht ohne jedem von uns einen übertrieben männlich-kräftigen Schlag zu versetzen, der uns beide taumeln ließ.

«Es ist wirklich schade», sagte mein Schwiegervater ein wenig mitgenommen und klopfte sich mechanisch den Staub vom Anzug, «es ist wirklich schade, daß ich kein Spanisch spreche! No hablo!»

Und wie viele Ignoranten zwinkerte er Coriolan selbstzufrieden und komplicenhaft zu, als übe die Unkenntnis der von Coriolan gesprochenen Sprache auf diesen einen naiven und unwiderstehlichen Charme aus.

«No hablo, aber ich war zweimal dort. Dos!» bekräftigte er und streckte Coriolan zwei erhobene Finger entgegen. «Aus bestimmten Gründen... eben!... Und ich kenne euren berühmten spanischen Trinkspruch: ‹Amor, salud y pesetas, y tiempo para gustarlas!›» sagte er stotternd. (Aber sein Gestotter war ja die Regel...)

«Ein Toast? Bravo! Bravo! Ein Toast!» rief Coriolan begeistert. «Ein Toast!»

Und er packte die Whiskyflasche und schenkte meinem Schwiegervater und mir ein großes Glas ein, ohne sich selbst davon auszunehmen.

«Si, si!» sagte er. «Amor, salud y pesetas, y tiempo para gustarlas! Exactemente! Ecco!»

«Exactemente! Exactemente!» lobte mein Schwiegervater, wobei nicht zu erkennen war, ob das Lob Coriolan galt, weil dieser seine eigene Sprache so gut beherrschte, oder ob er sich selbst lobte, weil er ein paar Worte Spanisch behalten hatte. «Exactemente», wiederholte er, und da er mit mir nicht reden mochte, wich er in eine allgemeine Bemerkung aus, die er einfach so in den Raum stellte.

«Letztlich ähneln sich alle diese Sprachen, es ist ganz einfach: Alles kommt vom Lateinischen. Man sollte nicht vergessen, daß Europa Latein oder Keltisch sprach. Aber setzen Sie sich doch bitte, Señor Latello!» Und mit der großzügigen Geste eines Hausherrn wies er ihm den unglückseligen Stuhl im Stile Napoleons III. zu.

«Sind Sie hier auf Geschäftsreise, Señor Latelio?» erkundigte sich mein Schwiegervater begierig.

«Late*ll*o, zwei ‹L›, Late*ll*o, dos ‹L›», berichtigte Coriolan. «Late*ll*io!»

«Latelo! Latellio!» murmelte mein Schwiegervater nun nervös.

«No, no! Late*ll*io! Late*ll*io! Lio, Lio, Lio!» beharrte Coriolan und betonte das «L» drei- oder viermal. Ich warf ihm einen strengen Blick zu.

Er mußte unbedingt aufhören mit diesem Spiel und die Komödie beenden, die jeden Augenblick eine böse Wendung nehmen und sich dramatisch zuspitzen konnte, sollte Laurence auftauchen.

«Señor Latello», sagte ich entschieden, «por el vuestro teléfono, es aqui!» und zog ihn am Ärmel dem Ausgang zu.

Mein Schwiegervater erhob sich automatisch, verbeugte sich tief und blickte uns ungeduldig und, wie mir schien, mit beginnendem Argwohn nach.

«Yo ritorno! Yo ritorno!» rief ihm Coriolan von der Tür aus zu, aber er konnte sich vor Lachen schon kaum mehr halten, und sobald er im Treppenhaus war, platzte er endgültig damit heraus. Im Hinuntergehen wieherte er nahezu vor Lachen und boxte mich wie ein Pennäler in die Rippen. Es war höchste Zeit gewesen: Aus dem Aufzug auf dem Weg nach oben wehte Laurences schweres, für ihr Alter zu schweres Parfum an mir vorbei, das Parfum einer Hure, aber auch das einer Bourgeoise, wie meine Gattin das eine wie wohl auch das andere war.

Die Aussprache zwischen Vater und Tochter dort oben, nach dem plötzlichen Verschwinden eines gewissen Señor Latello, eines spanischen Don, mit anzuhören, wäre sicher nicht uninteressant gewesen. Aber sie auszukosten war uns bedauerlicherweise nicht vergönnt. Unsere Komödie erheiterte mich noch eine kleine Weile, meine Rückkehr würde sicher weniger glorreich ausfallen, und dieser Gedanke stand mir wohl im Gesicht geschrieben, denn Coriolans Miene verfinsterte sich, er packte mich brutal am Hemd und schüttelte mich.

«Ich will dir mal was sagen: Sie hat dir dein Geld geklaut und dich vor allen Leuten zum Hampelmann gemacht. Daß du mich vor ihrem Vater als einen spanischen Hildalgo hinstellst, mich, deinen einzigen Freund, ist nicht weiter schlimm, das schwöre ich dir! Aber ich schwöre dir auch, daß du in der Bilanz der Sauereien im Minusbereich bist...»

Er ließ mich abrupt los und war in wenigen großen Schritten bei der Toreinfahrt. Ich stand einen Moment lang verdutzt da. Natürlich konnte ich ihn verstehen, aber wie sollte ich ihm begreiflich machen, daß, obwohl der Vergleich zwischen Laurences Schweinereien und den meinigen deutlich zu meinen Gunsten ausfiel, ich in bezug auf Lebensfreude einen so großen Vorteil hatte, daß sie mich weder auf diesem noch auf anderen Gebieten je einholen konnte. In Wahrheit waren seit den Machenschaften auf der Bank an jenem Nachmittag meine Trauer- und Rachegefühle abgestorben, und dies war in jener bitteren Nacht geschehen, als ich unablässig über ihren Verrat nachgegrübelt hatte. Es waren die anderen, die mich jetzt zwangen, sie zu bestrafen; die anderen, aber wahrscheinlich auch ich selbst, und vielleicht wollte ich dem Tag vorbeugen, an dem mein Stolz, mein Sinn für Gerechtigkeit und für Eigentum und vielleicht auch meine dann neue Männlichkeit die Oberhand über mein zutiefst passives und damit asoziales Naturell gewinnen würden. Um mir Selbstvorwürfe zu ersparen, zwang ich mich, Laurence übelzuwollen, so lächerlich das klingt.

Man konnte von mir nicht erwarten, unter einer Person und deren Verhalten besonders zu leiden, die ich nie leidenschaftlich geliebt hatte, weder früher noch heute, und deren Verhalten mir außerdem nicht von einer wirklichen Feindseligkeit, sondern von einer Art vergifteter Leidenschaft herzurühren schien. Doch diesmal hatten sich die bürgerlichste aller Gesellschaften und die entferntesten Freunde zusammengeschlossen und erwarteten nun von mir, daß ich zornig würde und endlich Schluß machte mit dieser Geschichte; eines Tages würde ich mich ihrer Meinung gewiß anschließen. So mußte ich wohl oder übel in dieser letzten Kampfrunde ohne Kämpfer gegen mich selbst antreten, mich auf diesen Prozeß einlassen, in dem einige in mir das Opfer, andere den Angeklagten sahen, während ich mich lediglich als apathischer Zeuge fühlte, jedenfalls nicht als Richter – nie und nimmer –, denn welche Rolle mir auch immer zufiele, irren würde ich mich unweigerlich. Was das Ende dieses wechselvollen Dramas anbelangte, so glaube ich, daß mich Laurence, über die ich mich inzwischen nicht genug wundern konnte, mit genau der gleichen Berechtigung – zumindest ihrer Logik zufolge – hätte niederstechen wie auch erlesen mit mir hätte dinieren können. Mit anderen Worten: Ich nahm es hin, mich zum Gespött machen zu lassen, doch nicht mehr allzu lange, denn mein Vorrat an Empörung, Rache oder Ressentiment war erschöpft, ebenso die Reserven an Zärtlichkeit, Leidenschaft, kurz gesagt, an Gefühl. Und ich wußte, daß dieses Defizit auf alle, die mich liebten, abstoßend, wenn nicht gar verheerend wirkte. Daher erwog ich im besten Glauben und mit aller Nachsicht zwei vollkommen gegensätzliche Wege aus dieser Krise, der eine so kitschig wie der andere, der eine in eine tragische, der andere in eine banale Richtung zielend, wobei letztere mehr auf meiner Linie lag.

Nachdem Coriolan gegangen war, brach ich zu einem langen Spaziergang durch Paris auf. Ich lief die Avenue du Maine hinauf und noch ein Stück weiter, bis ich zur alten kleinen Eisenbahnlinie gelangte, die heute noch durch die Außenbezirke fährt und diese mit einem Ring aus Glasscherben, Brennesseln und Schienenstücken umfaßt. Ein Ring, der nur noch aus Bruchstücken bestand, der aber die Hauptverkehrsachsen an ihrer schmalsten Stelle umschließt und einer meiner liebsten Spazierwege war. Bei dieser Wanderung entlang der aufgelassenen Trasse fühlte ich mich in die vergessene Kulisse eines alten Western aus den dreißiger Jahren versetzt, vielleicht auch in eine ländliche Idylle oder auf einen fremden, unbekannten Planeten, ins ausgehende 19. Jahrhundert oder in die Rolle eines Kriegers, der sich hinter einem Wall verschanzt, in den einsamen Helden eines Romans von Carco, Bradbury oder

Fitzgerald... Seit acht Tagen hatte ich keine Zeit mehr gehabt, ernsthaft ein Buch zu lesen, auch das unter anderem ein Grund für meine depressiven Anwandlungen.

Der Herbst ging auf den Winter zu, es wurde früher dunkel und kalt. Gegen sechs Uhr kam ich völlig durchgefroren im *Lion de Belfort* an. Alle waren da: der Wirt, die beiden Kerle, die dort immer herumlungerten, und Coriolan. Alle vier hoben den Kopf, als ich eintrat, erwiderten meinen Gruß und wandten den Blick gemeinsam wieder ab. Eine betroffene und verlegene Atmosphäre lastete auf diesem sonst so entspannten Lokal.

«Ist Laurence vorbeigekommen, um eine Zitronenlimonade zu trinken?» fragte ich Coriolan scherzhaft, während ich ihm gegenüber Platz nahm. Aber er lächelte nicht einmal, klapperte hektisch mit den Augenlidern und streckte mir plötzlich, quer über den Tisch hinweg, die Illustrierte entgegen, die er bei meinem Eintritt in die Hand genommen hatte. «Du mußt das lesen», sagte er. Ich blickte erst ihn an, dann den Wirt und die beiden Gaffer, die sich hastig wieder ihren Getränken zuwandten. Was war hier los?

Besagte Illustrierte war die in Frankreich und Navarra meistgelesene Wochenzeitschrift, die an jedem Freitag erschien. Sie mußte gerade herausgekommen sein, und ich wunderte mich über die Eile, mit der sich die Leute im *Lion de Belfort* daraufgestürzt hatten.

Auf den folgenden zehn Seiten sah ich mich in

Großformat und im Ausschnitt auf Fotos, die nur von Laurence stammen konnten, da sie sie als einzige besaß: Kinderfotos, die sie von ich-weiß-nicht-woher hatte, eines bei der Erstkommunion, eines als Soldat, eines im Konservatorium mit anderen Wettbewerbsteilnehmern, fünf oder sechs, die Laurence damals aufgenommen hatte, ich am Strand, zu Hause und neben der Autotür stehend, und zwei oder drei von uns beiden auf einer Steinbank sitzend oder auf der Terrasse eines Restaurants, die banalsten Aufnahmen eines Pärchens, die man sich vorstellen konnte, die aber, wie ich wußte, die einzigen waren, die es von uns gab. Mich durchfuhr ein leiser Kälteschauer. Laurences treuherziger Ausdruck auf den Fotos ließ für den folgenden Text das Schlimmste befürchten. Und schon die Überschrift auf der ersten Seite lautete: «Der Dichter und seine Madonna». Den Rest las ich langsam von der ersten bis zur letzten Zeile durch. Der Text baute auf einigen schwindelerregenden Lügen oder Dummheiten auf, aus denen sich aber eine recht hübsche Geschichte hatte stricken lassen: Laurence, eine junge, schöne und reiche Frau, von allen Bewerbern in ihrem Alter hofiert, betrat eines Tages zufällig ein Café am Boulevard du Montparnasse, lernte einen einsamen Wolf mit unruhigen Augen kennen und fand bald heraus, daß er Komponist war, zudem sehr begabt und über beide Ohren in sie verliebt, wie auch sie sich auf den ersten Blick in ihn verliebt hatte. Dieser junge Wolf unterhielt sich mit ihr über Musik und Literatur, war Waise, besaß keinen Centime und lebte am Rande der Misere. Sie zögerte nicht eine Sekunde und teilte mit ihm alles, was sie besaß, was nicht gerade wenig war. Die Familie, über die finanzielle Lage dieses jungen Mannes freilich äußerst besorgt, willigte, von seiner Liebe zu der Tochter gerührt, schließlich in die Heirat ein. Doch alsbald legte sich ein dunkler Schatten über das junge Glück: Laurences Mutter erlag den Folgen der ganzen Aufregungen und starb an einem Herzinfarkt. Allein der Vater mochte es ihnen nicht verzeihen und brach die Beziehung zu dem jungen Paar ab. Laurence aber verzagte nicht: Sie bot ihrem Milieu die Stirn, sie ließ sich durch Geldmangel nicht entmutigen, sie trotzte dem verbitterten Vater und unterstützte ihren ängstlichen und ungeschickten Ehemann, der ihr zuliebe um jeden Preis siegen wollte, der dafür nichts unversucht ließ, an zahllosen Wettbewerben teilnahm und immer wieder versagte und den sie anschließend wiederaufrichten mußte. Aber sie litt unter seiner Taktlosigkeit, besonders ihren Freunden gegenüber, auf die er Eindruck machen wollte und sich dabei verrannte, oder die er arrogant und hochfahrend abspeiste. Es dauerte nicht lange, und sie befand sich einsam, von allen isoliert und allein seinen Stimmungen ausgeliefert, die zwischen übertrieben falscher Bescheidenheit und verrücktester Anmaßung schwankten, um ihre Gefühle für ihn auf die Probe zu stellen. Aber sie liebte ihn trotz allem, sie liebte ihn so sehr, daß sie seinetwegen auf alles verzichtete, auch auf Kinder – was für eine Frau in ihrem Alter das natürlichste der Welt gewesen wäre –, und unserem Reporter gestand sie mit einem charmanten, gleichwohl resignierten Lächeln: «Mit einem bereits ausgewachsenen Kind schafft man sich kein zweites an.» Die Mißerfolge häuften sich, unser einsamer Wolf wurde zusehends niedergeschlagen und düster, und seine schwarzen Haare waren bereits durchzogen von weißen Strähnen. Eines Tages traf sie einen alten Freund zufällig wieder, einen Filmregisseur, dem sie den Himmel auf Erden versprach, den sie anflehte, er möge sich doch die Musik des inzwischen etwas ramponierten einsamen Wolfs anhören. Der Freund willigte ein und widersetzte sich ihretwegen den Produzenten. Drei oder vier Monate lang rackerte sich der junge Gatte ab, schrieb Kompositionen, die zu intellektuell und zu abstrakt waren, von denen sie ihn abbringen mußte, langsam und so behutsam wie möglich, damit er im Trotz nicht alles hinwarf. Schließlich fand er eines Tages die ersten vier Noten von *Unterm Regen*, und sie half ihm, den Rest des Liedes zu vollenden, unterstützte ihn «auf die Gefahr hin, ihr inneres Gleichgewicht zu verlieren» – und half ihm somit, den berühmten Hit zur Welt zu bringen, und all das mit einer Bescheidenheit, als wäre sie nicht im geringsten daran beteiligt gewesen. Eines Abends im Juni – oder war es im Juli? Das Datum spielt keine Rolle – verschnürte sie das Werk und übergab es eigenhändig dem wenig begeisterten Produzenten und dem freundschaftlich gesonnenen Regisseur – beide, der Sache längst überdrüssig, empfingen sie blasiert. Sie spielte ihnen die Musik vor, worauf der eine von seinem Sessel hochsprang, der andere sich hingegen in den seinen fallen ließ (je nachdem, wie sie gesessen hatten), aber beide waren von dem Ergebnis beeindruckt. Alle Anstrengungen wurden schließlich von Erfolg gekrönt, die Wunden des in seiner Mannesehre gekränkten Gatten geheilt, der sich naiv und ahnungslos über die Früchte dieses Erfolges freute (wobei sie ihm den Schwindel nicht verriet). Selbstverständlich wollte er nichts für sich behalten und ihr alles abtreten, sie lehnte jedoch ab, denn sie wünschte, daß er frei sei, frei über sein Schicksal verfüge, auch wenn sie selbst sich sieben Jahre lang abgemüht hatte, um ihre gemeinsame Zukunft, Gegenwart und Vergangenheit zu sichern. Aber was auch diesem jungen Komponisten widerführe, selbst die Verleihung des höchsten Preises, des Oscar, aller Auszeichnungen dieser Welt, er würde immer zu ihr stehen, abends in ihre Arme sinken und sie zitternd anflehen: «Schwöre, daß du mich niemals verlassen wirst.» Ende des Artikels, Ende der Meldung. Ich klappte die Illustrierte zu. Ich verstand endlich den Grund für diesen Zugewinn an Popularität. Ich war gerade für die beste Filmmusik in Hollywood nominiert worden. Was ich nicht verstand, war der Rest, diese konfuse, chaotische, groteske, nach Fäulnis stinkende Schmulze, die Laurence als unser Leben aufgetischt hatte. Es war widerlich. Es war schlimmer als widerlich: Es war niederträchtig und abschrekkend. Jetzt verstand ich auch die abgewandten Blicke der beiden vertrottelten Gaffer, des Wirts vom *Lion de Belfort* und auch Coriolans niedergeschlagene Augen, meines besten Freundes, der mir gegenübersaß.

«Was kann ich tun?» fragte ich.

«Nichts», sagte Coriolan, «du wirst doch nicht etwa eine Gegendarstellung in *La Semaine* (dem Konkurrenzblatt) bringen wollen, all das bestreiten und deine Version der Dinge zum besten geben? Vor allem hat sie daraus einen solchen Salat gemacht! Wie willst du das alles dementieren? Sie hält sich immerhin an die Fakten.»

«Verstümmelte Fakten und verdrehte Wahrheiten», antwortete ich. «Du hast recht, ich kann mich nicht dagegen wehren, und im übrigen habe ich dazu auch keine Lust.»

Zerstreut verschränkte ich meine Hände, ich hatte das Gefühl für meine eigenen Hände verloren, sie gehörten einem armen jungen Ehemann, der, et cetera. Ich schämte mich. Zum erstenmal in meinem Leben schämte ich mich wirklich, und meine Wangen glühten, ich wagte es weder, die Gäste noch den Wirt anzusehen. Diese Schlampe hatte mir auch das noch genommen. Jetzt konnte ich mich nicht einmal mehr auf den Rennplätzen blicken lassen.

«Ist dir klar, daß du das Schwein bist, wenn du jetzt abhaust? Die Leute glauben an solche Stories.» Er schnippte die Zeitschrift zu mir herüber.

«Und kein einziges Wort gegen dich! Das Infamste sagt sie zudem auch noch freundlich, es hört sich an wie eine Schwäche ihrerseits und eine Greueltat deinerseits. Also nein, nein...» und mein ratloser Berater schüttelte ratlos den Kopf.

Ich ertappte mich dabei, wie ich zu pfeifen begann und mit allen zehn Fingern auf den Tisch trommelte, als wäre mir plötzlich etwas Dringendes eingefallen, aber was nur? Ach ja, jetzt fiel es mir wieder ein: Koffer packen. Ich stand auf.

«Wo willst du hin?» fragte Coriolan.

Ich spürte die Blicke der drei anderen im Rücken. Was bleibt einem jungen Ehemann mit fiebrigen Augen in einem solchen Fall zu tun übrig? Ich beugte mich zu Coriolan vor und flüsterte: «Wo ich hinwill? Koffer packen, alter Freund.»

Und ohne seine Antwort abzuwarten, verließ ich das Lokal und lief mit ausladenden Schritten nach Hause, zu ihr nach Hause, zu der Wohnung, die wir nach unserer Hochzeit gemeinsam bewohnt hatten.

ZEHNTES KAPITEL

Unsere Fehler sind eifriger und flinker als unsere Vorzüge, die Geizigen sind schneller dabei zu sparen als die Großzügigen, freigebig zu sein, die Eingebildeten brüsten sich, noch ehe die Mutigen sich zurücknehmen können, und die Gewalttätigen schlagen zu, bevor die Friedfertigen Zeit haben zu intervenieren. Die gleiche Reihenfolge gilt für unsere inneren Konflikte. Aus Faulheit hatte ich mich auf Laurences Lebensstandard eingelassen, lange bevor mein Stolz mich gedrängt hatte, Arbeit zu suchen. Laurence hatte diese entwaffnende Faulheit unterstützt und in ihrer Angst, mich zu verlieren, gleichzeitig nach einer weiteren Bleikugel gesucht, um mich bewegungsunfähig zu machen, und sie hatte sie gefunden: die gesellschaftliche Achtung. Wenn ich sie jetzt verließ, würde ich unweigerlich von allen für den größten Schuft gehalten werden, wie es Coriolan treffend bemerkt hatte. Aber Laurence hatte ihre Rechnung ohne unsere unterschiedliche soziale Herkunft gemacht. Ihr wurde der Respekt vor der Meinung Dritter beigebracht, ich hingegen hatte nur jene Ratschläge von meinen halb anarchistischen Eltern behalten, die mir in den Kram gepaßt hatten, unter anderem eine tiefe Verachtung für das, was man die gute Gesellschaft nannte. Im übrigen hätte Laurence in Anbetracht der Unbekümmertheit, mit der ich mich auf diese Heirat eingelassen hatte, deren Folgen nur allzugut voraussehbar gewesen waren, diesen bramarbasierenden und provokativen Zug an mir erkennen müssen, sie hätte aufhorchen müssen, denn ich würde den Zorn von vierhunderttausend gefühlsduseligen Lesern genüßlich in Kauf nehmen. Stärker als die Fesseln der Gewohnheit und der Dankbarkeit, des Eigennutzes und der Faulheit motivierte mich die Lust an der Herausforderung. Ah! Glaubte meine perfekte Ehefrau etwa, ich ließe mir durch ihr Rührstück Fesseln anlegen, auch wenn es seidene waren? Da irrte sie sich!

Ich ging nach Hause und begann meine Koffer zu packen. Ich war abgelenkt und erleichtert zugleich. Dieses Gefühl der Herausforderung belebte mich. Es war zwar weder besonders erhebend noch übermäßig intelligent, zumindest jedoch verführerisch. (Und was will man von Gefühlen mehr, als daß sie einen mitreißen und keine Zeit zum Nachdenken lassen?) Ich stopfte meine Kleider in einen Koffer und zögerte einen Moment lang bei dem hellgrünen Anzug, dem ersten Stück, das Laurence mir gekauft hatte und in dem ich mich damals so geniert hatte. Trotzdem packte ich ihn dazu. Jetzt war nicht der Augenblick, den Wählerischen zu spielen. Damals in der Umkleidekabine hätte ich aufstampfen sollen, nur konnte ich es mir zu der Zeit nicht leisten, einen warmen Anzug auszuschlagen: Es wäre mir nicht einmal in den Sinn gekommen. Nun war es zu spät, und wenn es um Geschmack geht, ist es besser spät als nie.

Ich beeilte mich, da ich wußte, daß es mir vor Laurence unmöglich wäre, diese Klamotten, die mich als Souvenirs in Zukunft an diese Zeit erinnern würden, zusammenzulegen oder auseinanderzufalten, auch wenn sie aus bestem Tuch waren. Von Zeit zu Zeit, so als müßte ich mir die Rechtmäßigkeit meines Handelns beweisen, beugte ich mich über die aufgeschlagene Zeitschrift auf meinem Bett und las mal hier und mal dort einige Zeilen: «Obwohl sie alles aufgab, ihre Familie, ihre Freunde, die Society, hatte es diese junge Frau niemals bereut, sie wußte, daß ihr dieser Mann alles bedeutete, so wie auch sie ihm die Welt bedeutete.» Aber was sollte das heißen? Stellte sie sich vielleicht vor, daß sie mir das Leben ersetzt hatte, daß sie mir genügt hatte? Ich hatte mir niemals eingebildet, jemandem genügen zu können. Ich hatte auch niemals angenommen, daß umgekehrt jemand mir genügen könnte, und im übrigen hätte ich es auch nicht gewollt. Diese unglaubliche Anmaßung machte mich wütend. Ich blätterte weiter: «Sie lernten sich in einem Café kennen; sie sah den mageren jungen Mann allein und schweigsam dort sitzen und verliebte sich in ihn, so wie auch er sich in sie, auf den ersten Blick.»

Stimmt, wir hatten uns in einem Café am Montparnasse kennengelernt, wo wir, ein paar fröhliche Burschen und ich, mit einem Klavier einen Riesenspaß hatten. Sie war in Begleitung einer ihrer Freundinnen, einem Flirt von einem von uns, hatte sich unserer Clique buchstäblich an den Hals geworfen und es mit allen Mitteln geschafft, uns auf den Fersen zu bleiben, und wir wußten wirklich nicht, wie wir sie wieder loswerden sollten. Cornelius und ich hatten sogar um sie, um die gute Laurence, geknobelt, und ich hatte sie sozusagen gewonnen. Es stimmt auch, daß sie sich auf der Stelle in mich verliebte, ich hingegen habe Wochen gebraucht, bis ich sie wiedersehen und ertragen konnte. Als ich dann endlich mit ihr ins Bett ging, war ich sehr mißtrauisch, da sie wie niemand sonst dem Klischee der höheren Tochter entsprach, aber ihr Temperament hatte sich dann doch als angenehme Überraschung erwiesen...

Ich packte die Hemden, die Bücher und die Halstücher ein, die Schallplatten, den Fotoapparat, die Lotto- und Totoscheine. Nur den Steinway und ein paar Socken, die mir zu warm waren und die ich auf der Haut niemals vertragen hatte, ließ ich zurück. Die beiden Koffer ließen sich mühelos schließen, da meine Aussteuer zwar vollständig, aber nicht üppig war, und dann steckte ich noch, ohne Gewissensbisse, die vier Paar Manschettenknöpfe ein, die Krawattennadel und die Uhr, als Kriegskasse gewissermaßen. Auch das Auto hatte ich vor mitzunehmen, in dem freudigen Bewußtsein, daß die Versicherung bezahlt war und erst in sechs Monaten wieder fällig wurde. Eine Million Dollar dürften wohl ausreichen, um all das zurückzuzahlen, und ich empfand eine Art Glücksgefühl über meine Schäbigkeit.

Als mein Gepäck komplett und verschlossen war, zog ich meinen ominösen braunen Al Capone-Anzug an und warf einen Blick in den Spiegel. Es kam mir vor, als sei ich bereits jetzt um Jahre jünger geworden. Ich trat an den Flügel, den zurückzulassen ich als einziges bedauerte, und für zwei oder drei Minuten variierte ich ein wenig wehmütig diesen Akkord, der mir nicht aus dem Sinn wollte, und hörte eine sonderbare Melodie. Während ich diese drei Noten über alle Oktaven und Tonlagen hinweg spielte, setzte heftiger Regen ein, es war ein Regenschauer mit all den typischen Geräuschen, die nach Ohrfeigen und Küssen klangen. Ich öffnete das Fenster, stützte mich auf das Fensterbrett, und lauwarme Tropfen benetzten mein Gesicht; gut eine Minute lang schaute ich dem Regen zu, hörte ihn rauschen und schloß wohlerzogen und sorgfältig wieder das Fenster, damit der Teppich keinen Schaden nähme. Dann machte ich kehrt, packte einen Koffer in jede Hand und trat in den Gang hinaus. Es wäre mir lieber gewesen, Laurence noch auf Wiedersehen sagen zu können, aber ich hatte wirklich keine Geduld, auf sie zu warten. Was ich zu hören bekäme, war mir ohnehin gleichgültig; mit einem gewissen Unbehagen hörte ich aber dann im Vorbeigehen aus ihrem Zimmer ihre Stimme rufen:

«Vincent?»

Ich stöhnte, stellte meine Koffer ab und trat ein.

Das Licht war schummrig, es sollte wohl eine Liebesnacht ankündigen, und wieder einmal hing ihr schweres Parfum in der Luft. Ich atmete tief, als wollte ich damit prüfen, ob es bereits in meinem Kopf getilgt war. Sieben Jahre lang hatte ich im Dunst dieses Parfums gelebt, was für eine seltsame Geschichte...

«Ja?»

Laurence saß mit untergeschlagenen Beinen auf ihrem Bett; sie trug einen weißen Pullover, der ihr gut stand, und wrang in ihren Händen ein buntes Tuch in sommerlichen Farben.

«Setz dich», sagte sie, «bitte. Wo wolltest du hin?»

«Ich wollte gehen», verkündete ich gleichmütig und setzte mich auf die Bettkante. «Meine Koffer stehen im Eingang, und ich bin froh, daß ich dich antreffe, denn es wäre mir unangenehm gewesen zu gehen, ohne dir Bescheid zu sagen.»

«Zu gehen, wohin zu gehen?»

Und eine Welle sprachlosen Erstaunens veränderte ihr Gesicht. Ich verfolgte den Beginn ihres buchstäblichen Zerfalls wie in Romanen oder in Filmen: die Betäubung wich allmählich einem Zustand animalischer Panik.

«Schau her», sagte ich, «du hast doch diese Illustrierte, die hier liegt, gelesen, *L'Hebdomadaire*, oder?»

Sie nickte und starrte mich an, als wäre ich eine Statue.

«Ja, ja», murmelte sie. «Ja, ja, ich habe es gelesen, freilich. Was macht das schon? Was ist? Was soll das heißen, wovon sprichst du eigentlich?»

Nun war ich an der Reihe, verblüfft zu sein. Sie konnte sich doch nicht im Ernst über die Bedeutung ihrer krankhaften Lügengeschichten hinwegsetzen.

«Hör zu, du hast den Artikel gelesen. Da du das Interview gegeben hast, weißt du auch, wovon ich spreche. Es ist widerlich, infam, falsch und oh... Aber was spielt das noch für eine Rolle! Ich gehe, und damit basta. Unsere Beziehung ist nur noch ein Machtspiel und damit voller Feindseligkeiten, und das hasse ich.»

«Aber es ist doch deine Schuld! Du hast sie so werden lassen!» Sie schrie fast. «Du bist es! Ich ertrage es nicht, wenn du so bist. Wenn ich dein mürrisches Gesicht schon sehe, deinen verstockten Ausdruck und nicht weiß, wohin du gehst, wann du wiederkommst, und ausgehen muß, um nicht dazusitzen und auf dich zu warten und die Stunden zu zählen, glaubst du vielleicht, daß mir das Spaß macht? Du quälst mich, Vincent! Du quälst mich jeden Tag, jeden Tag seit einer Woche. Seit einer Woche habe ich nicht geschlafen, ich weiß nicht mehr, wer oder was ich bin!»

Ich schaute sie entgeistert an. Sie meinte es anscheinend ehrlich und war am Rande eines Nervenzusammenbruchs. Ich mußte so schnell wie möglich verschwinden, um ihre verschwommene, blinde Sicht der Dinge nicht mit ihr diskutieren zu müssen, ich könnte es nicht, und wir würden uns überflüssigerweise nur verletzen.

«In Ordnung», sagte ich und stand auf. «In Ordnung, dann ist es eben meine Schuld. Und nun entschuldige mich. Ich gehe.»

«Nicht jetzt, nein!»

Sie hatte sich auf dem Bett halb aufgerichtet, balancierte ungeschickt auf ihren Knien und klammerte sich an meinen Arm; es fehlte nicht viel und sie wäre umgekippt, und der lächerliche, groteske Anblick der kopfüber stürzenden Laurence wäre mir unerträglich gewesen. Ich setzte mich rasch wieder hin. Ich sah in ihr jetzt nicht mehr meine Exfrau oder meine Feindin, aber eine Fremde war sie für mich auch nicht. Sie war lediglich ein grauenhaft hysterisches Weib, vor dem ich so schnell wie möglich fliehen mußte. Ihre Hände ließen meinen Ärmel nur zögernd los, als wäre mein Aufstehen ein Trick gewesen. Sie ließ sich zurückfallen, das Blut kehrte in ihre Wangen zurück, und erst jetzt bemerkte ich, wie blaß sie vorher gewesen sein mußte.

«Ah, du hast mir Angst gemacht...»

Ich beobachtete mit Grauen, wie ihr die Tränen aus den Augen quollen, gewissermaßen ein weiterer Wolkenbruch, der in seiner Echtheit dem vor dem Fenster in nichts nachstand, wie sich ihr Gesicht verzerrte, ihr Mund krampfhaft zuckte und sie ihre Hände vors Gesicht schlug, bis von ihr nichts als ihr Nacken und ihre von Schluchzern geschüttelten Schultern zu sehen waren.

«Wo bist du denn gewesen, was hast du gemacht? Es ist kein Leben mehr für mich seit drei Tagen, es ist furchtbar! Ah, Vincent, wie grauenhaft! Aber wo bist du denn gewesen? Ich habe mich die ganze Zeit gefragt: Wo kann er sein? Was treibt er? Was will er eigentlich? Es ist so schrecklich! Aber was sollen wir tun, Vincent? Die Sache ist so widerlich, Vincent.»

Ich schaute sie an, betroffen und gleichgültig zugleich. Ich streckte die Hand aus, um ihre Schultern zu berühren, wie jeder höfliche Mann es angesichts einer in Tränen aufgelösten Frau täte, zog sie aber sofort wieder zurück. Es wäre grausam von mir, sie zu berühren und in den Arm zu nehmen. Sie war in einer verheerenden Verfassung, sie lebte von Illusionen, von Mißgunst, von falschen Schlüssen, sie war der Wahrheit gegenüber blind, ich durfte ihre Verwirrung nicht weiter unterstützen. Sie murmelte etwas, was ich mit Mühe schließlich verstand.

«Wo willst du hin? Was kannst du? Nichts, du kannst nichts. Und außerdem ist es mies von dir, mich ausgerechnet jetzt zu verlassen, wo du ein wenig Geld hast. Alle werden das mies finden, ist dir das klar? Du wirst nirgendwo hingehen können, niemand wird dir helfen. Aber was soll dann aus dir werden?» fragte sie in wahrhaft panischer Angst, worauf ich fast lachen mußte.

«Das mag schon alles sein, aber wer ist schuld daran?» Sie zuckte mit den Schultern, als wäre diese Frage wirklich nebensächlich, ein überflüssiges Detail.

«Es spielt doch keine Rolle, wer Schuld hat, es ist einfach so. Du wirst verhungern und erfrieren, was willst du tun?»

«Ich weiß es nicht», erwiderte ich entschlossen, «jedenfalls nicht wiederkommen.»

«Das weiß ich», sagte sie leise, «ich weiß genau, daß du nicht zurückkommen wirst, das ist ja das Grauenhafte. Seit sieben Jahren warte ich darauf, daß du eines Tages gehst; sieben Jahre habe ich jeden Morgen nachgesehen, ob du noch da bist; jeden Abend schaue ich, ob du vor mir stehst. Seit sieben Jahren lebe ich in der Angst vor diesem Augenblick. Und nun ist er da, er ist gekommen. Es kann nicht wahr sein! Du weißt nicht, was das bedeutet!»

In ihrer Stimme lag jetzt etwas so Natürliches, dies «Du weißt nicht, was das bedeutet» war so ungekünstelt, daß ich sie neugierig ansah. Sie hob den Kopf; ihre Augen waren so geschwollen, von den Tränen war sie so entstellt – in einem solchen Zustand hatte ich sie noch nie gesehen.

«Ach, Vincent, du weißt nicht, was es heißt, verliebt zu sein wie ich... Du hast Glück, daß du es nicht bist, du hast wirklich Glück, glaub es mir.» Und sie wiederholte: «Du weißt nicht, was es heißt.»

Ihre Stimme kippte fast, als sie dies aussprach, wenngleich das Entsetzen sachlich klang, in dieser Stimme schwang auch nicht der geringste Unterton von Groll, von sozusagen «privatem» Schmerz mit. Sie stellte lediglich fest, was ihr widerfuhr, wofür ich so gut wie nicht verantwortlich war. Ich hatte verstanden, und es versetzte mir einen Stich, als hätte sie mir mitgeteilt, daß sie an Krebs oder an einer anderen tödlichen Krankheit erkrankt sei.

«Aber meinst du nicht, daß es ein wenig übertrieben ist? Es hätte ebensogut jemand anderen als mich treffen können!»

Sie schaute mich wieder an, bevor sie ihr Gesicht in ihre Hände vergrub.

«Gewiß, aber du bist es nun einmal, du bist es, was du auch sagst, es ändert nichts daran, gar nichts, ausschließlich du bist es. Es ist alles vergeblich, und zudem wirst du mich verlassen! Ich will nicht, daß du gehst, du kannst nicht gehen, Vincent, du mußt es verstehen, es ist unmöglich: ich würde sterben. Ich habe so sehr um dich gekämpft, ich habe alles getan – ich habe zuviel getan, das weiß ich auch –, und wenn ich ein Gefängnis gehabt hätte, hätte ich dich eingesperrt, wenn ich Ketten gehabt hätte, hätte ich dich angekettet, ich hätte dich auch eingemauert, um meinen Qualen ein Ende zu setzen, um endlich sicher zu sein, nur eine einzige Nacht, einen einzigen Tag sicher, daß du da bist und da bleibst. Ich wäre zu allem fähig gewesen.»

«Das ist ja der Grund, weshalb ich gehe», sagte ich leicht erschrocken, «genau deshalb, mein armer Hase», fügte ich in einem letzten Anflug von Mitleid ungewollt hinzu. Denn jetzt ging es nicht mehr um Vincent und um Laurence und um ihre alte Geschichte, sondern um einen Mann und eine Frau, die ein ernstes und alltägliches Problem miteinander hatten, gemeinhin Liebe genannt oder besser Leidenschaft. Dieser feine Unterschied gab mir einigen Auftrieb.

«Du liebst mich nicht wirklich», sagte ich. «Jemanden zu lieben heißt, für ihn nur das Beste zu wollen, heißt, ihn glücklich zu machen. Du aber willst mich nur bei dir behalten, du sagst es doch selbst. Du scherst dich keinen Deut darum, ob ich glücklich bin, Hauptsache, ich bin da.»

«Stimmt, ja, stimmt! Was soll es mir schon bedeuten? Deine Nöte sind, gemessen an den meinen, nichtig, dein Ärger, dein Unbehagen, deine Irritationen geringfügig, und du empfindest sie, weil du dich entweder nicht genügend amüsierst oder weil du mit anderen Leuten zusammen sein möchtest. Mir aber zerreißt es das Herz, sobald du nur den Kopf abwendest, es ist wie tausend Messerstiche, verstehst du, es ist die Leere, ich renne gegen Wände an, ich reiße mir die Nägel aus, ich bin entsetzt von dir, Vincent, verstehst du, entsetzt. Das kannst du nicht begreifen.»

Ihre Rede machte mich stutzig; «Venus an ihr Opfer gefesselt». Doch leider sind die Gefühle im wahren Leben viel harmloser, weniger dramatisch und im täglichen Leben allemal.

«Du mußt dich behandeln lassen», sagte ich, «du brauchst jemanden, der dich zur Ruhe bringt, der dir die Lust am Leben wiedergibt.»

Sie lachte bitter.

«Aber was meinst du, was ich in den letzten sieben Jahren getan habe? Ich habe alles versucht: Ärzte, Psychiater, Akupunktur, Beruhigungsmittel, Sport, ich habe nichts ausgelassen, alles probiert, Vincent, alles. Du hast keine Vorstellung davon.» Und in dem einzigen Anflug von Rücksichtnahme, den sie je gehabt hatte, fügte sie hinzu: «Es ist wahr, du kannst nichts dafür, mein armer Liebling, wirklich nicht, du bist sogar im allgemeinen sehr nett und geduldig. Du bist aber auch grauenhaft, schrecklich. Du hast mich niemals geliebt, nicht wahr? Antworte! Du kennst dieses Gefühl nicht, diesen herzzerreißenden Schmerz, dieses Ersticken, dieses Ding...» Und sie preßte ihre Hände an den Halsansatz mit einem sonderbaren Ausdruck, als wolle sie mit den Handflächen etwas am Hals zerdrücken. Ich zögerte.

«Aber natürlich habe ich dich geliebt», wandte ich ein. «Von dieser Liebe verstehst du nichts, aber ich habe dich geliebt. Ich habe doch nicht sieben Jahre lang mit dir zusammengelebt, ohne dich zu lieben, Laurence.»

«Das sagst du nur aus Höflichkeit», schrie sie. «Ich will deine Höflichkeit nicht! Alles darfst du sein, aber nicht höflich! Diese zuvorkommende Art, deine Freundlichkeit, deine Fröhlichkeit, dein Lachen, wie du morgens die Luft einatmest, dabei das Fenster öffnest, wie du läufst, wie du ein Glas Wein trinkst, die Frauen anschaust, sogar mich anschaust, deine Lebenslust, es ist alles grauenhaft, es bringt mich um! Du wirst nie davon loskommen, genausowenig wie ich mich von dir zu lösen vermag. Es ist vorbei, vorbei!»

«Ja», sagte ich und empfand ein Gefühl von Glück, «ja, es ist vorbei.»

Sie streckte die Hand nach mir aus und berührte vorsichtig meine Schulter.

«Wenn also die Sache ohnehin vorbei ist», fuhr sie fort, «dann wirst du nicht auch noch gehen wollen, oder? Das ist zuviel und unerträglich. Du darfst nicht gehen, Vincent!»

Ich gestehe, daß es mir die Sprache verschlug. Stück für Stück enthüllte sich mir ihr Unglück, ihr Leid, das ganze Ausmaß ihres Leids, das ich etwas ängstlich begriff, wofür ich mich tiefbetrübt schämte und gleichzeitig den Drang empfand, diesem Menschen zu helfen, dessen Haut, dessen Atem, dessen Art, Liebe zu machen, dessen Stimme und Schlaf ich kannte, aber sonst nichts, und der sich hier vor mir auf dem Bett krümmte. Ich hatte Laurence nicht verstanden, niemals. Ich hatte mir zwar gesagt, daß ihre Liebe ein wenig übertrieben war, ohne mir jedoch vorstellen zu können, daß dieses «ein wenig übertrieben» für sie die Hölle bedeutete. Auch wenn ich ihr vorwarf, dumm, niederträchtig, böse, egoistisch und blind zu sein, konnte ich nicht anders, als sie, wenngleich etwas vage, für dieses Etwas, das sie mir voraushatte, zu bewundern, das ich zweifellos niemals erfahren würde und das ich auch niemals zu erfahren wünschte, auch wenn ich dies ein wenig bedauerte. Leidenschaftliche Liebe, war es das? Nein, hier handelte es sich um eine unglückselige Besessenheit, die mit Liebe nichts zu tun hatte. Liebe hat auch etwas mit Humor zu tun, das wußte ich. Laurence und ich hatten niemals zusammen gelacht, früher nicht und in Zukunft nicht mehr.

«Hör zu», sagte ich, «es lohnt sich nicht, daß ich bleibe. Ich habe es versucht, für dich, für mich, für uns, aber es kann so nicht weitergehen. Ich kann diese Abhängigkeit von dir nicht mehr ertragen, diese Zurschaustellung unseres Lebens, diese Zeitungen, diesen Sumpf um uns herum, wirklich nicht.»

Sie hörte nur das Wort Abhängigkeit und stürzte sich mit einem seltsamen Schrei auf den Nachttisch, schnappte sich ihre Tasche, riß das Scheckheft heraus und begann zu meiner großen Verblüffung zu kritzeln.

«Was du willst», brüllte sie, «alles, was du willst, ich gebe dir alles sofort zurück, hier, sieh her, ein, zwei, drei Schecks; es ist unser gemeinsames Scheckheft, ich habe es heute nachmittag von der Bank geholt. Sieh her, ich unterschreibe alle, jeden einzelnen. Morgen, übermorgen, wann du willst, kannst du dir dein ganzes Geld holen und meins dazu. Nimm alles, was du willst, gib es aus, hau es auf den Kopf, verteil es unter deinen Freunden, mach, was du willst, aber geh nicht weg, ich flehe dich an, Vincent, Vincent, geh nicht weg. Hör zu, auch mit einem einzigen Scheck, einem einzigen, kannst du alles abheben, das weißt du doch? Bleibst du dann bei mir?»

Ich war aufgestanden und betrachtete sie voller Ekel. Ich schämte mich für die Frau, die in Tränen aufgelöst war, deren Hände voller Tintenflecke mit dem Füller halbzerrissene Schecks unterschrieben; sie zerstörte alles, was aufzubauen sie soviel Zeit gekostet hatte, nämlich meine Gefangenschaft, aus der sie mich entließ wie ein besiegter Kerkermeister. Und ich ärgerte mich, aus dieser Niederlage keinen Vorteil für mich ziehen zu können; im Moment war ich dazu nicht kaltschnäuzig genug. Es war dumm von mir, aber ich war nicht fähig, einen dieser Schecks entgegenzunehmen, und einer wäre genug gewesen.

«Nimm ihn doch, ich flehe dich an», sagte sie mit leiser Stimme, erstarrte und sah mich an. «Nimm ihn, ich bitte dich. Bleib und nimm ihn, aber geh nicht weg. Drei Tage, zwei Tage; bleib bitte noch drei Tage oder zwei, wenn du willst, aber ich flehe dich an, Vincent, geh nicht heute abend.»

Sie hielt mir besagten, von ihr unterschriebenen Scheck unter die Nase. Ich zögerte. Wenn ich ihn nahm, mußte ich in jedem Fall für einige Zeit bleiben; vielleicht würde ich es mit meinem Zynismus wieder eine Weile aushalten und meine Flucht auf ein anderes Mal verschieben. Den Scheck durfte ich aber nicht annehmen, wenn ich mir nicht ganz sicher war, ob ich wirklich gehen wollte. Aber eigentlich war es doch mein Geld, warum sollte ich es mir also nicht nehmen? Ja, warum eigentlich nicht, aber sie hätte es als einen Treueeid aufgefaßt, und damit wäre es niederträchtig von mir, ihr etwas vorzumachen. Wenn ich ihn aber nicht akzeptierte, säße ich in der Klemme. Coriolan und ich, wir wußten nicht, wovon wir uns ernähren und wie es mit uns enden sollte. Selbstverständlich war es im Grunde mein Geld, aber in dem Augenblick, in dem sie es mir zurückzahlte, gehörte es mir nicht mehr. Meine Gedanken überschlugen sich, stießen immerzu zusammen, und ich fand keine Lösung. Mein moralisches Empfinden – so gering es auch sein mochte – und meine heftigsten Instinkte lieferten sich erbitterte Kämpfe in mir. Die gegensätzlichen Gefühle, Abscheu und

Mitleid, die Laurence mir einflößte, halfen mir überhaupt nicht weiter. Ich war solche moralischen Kämpfe zwischen dem einen und dem anderen Ich so gut wie nicht gewohnt.

Deshalb gab ich schließlich, der Einfachheit halber, den beiden stärksten und für mich natürlichsten Impulsen nach. Ich nahm das Scheckheft und stopfte es in meine Tasche, damit hatte ich das Problem der Armut gelöst, nahm Laurence in die Arme und drückte sie fest an mich, damit hatte ich ihren Schmerz gelindert. Über diese beiden Gesten hinaus fiel mir wirklich nichts ein, wie ich mich hätte natürlicher und anständiger oder, wie man sagt, menschlicher verhalten sollen.

«Oh, Vincent», stammelte Laurence an meiner Schulter, «verzeih mir, nie wieder werde ich dir so etwas antun, ich war egoistisch, widerwärtig, ich habe dir weh getan, dich gedemütigt; ich habe alles versucht, ich wußte mir nicht mehr zu helfen, dieses verbindliche und arglose Lächeln, diesen geistesabwesenden Ausdruck zu zerstören. Ich werde es nie wieder tun, das verspreche ich dir, nie, nie wieder. Ich will endlich versuchen, dich glücklich zu machen.»

«Ich verlange gar nicht soviel von dir», antwortete ich und tätschelte ihren Kopf, «ich verlange gar nicht soviel von dir. Versuche bloß, ein wenig glücklich zu sein und mich nicht wie deinen Schoßhund zu behandeln. Sei wieder freundlich und sanft, sanft mußt du wieder werden, das bekam dir soviel besser.»

Sie erstickte fast an ihren Tränen, schluchzte zwischendurch laut und heiser auf, was ich nicht zu deuten wußte: schluchzte sie vor Erleichterung, vor Kummer oder vor Angst, die noch zu nahe war?

«Ich schwöre es dir», wiederholte sie, «ich schwöre es dir. Ich muß dir erklären, warum ich so war. Es ist meine Panik, weißt du...»

Und es folgte ein langer und gnadenloser Bericht, wie ein Horrorfilm, in dem sie weder sich (noch übrigens mich) schonte, und der bewies, daß weder Racines Dramen noch einer dieser Romane, die ich mit soviel Bewunderung und Erstaunen gelesen hatte, übertrieben waren. Laurences Gefühle für mich waren genauso unerträglich wie maßlos. Ich wußte wirklich nicht, woher sie diese Leidenschaft nahm, es gab nichts in ihr, was sie dafür prädestinierte. Es war, als hätte man ein poetisches Talent auf meinen Schwiegervater losgelassen.

Je mehr sie von sich erzählte, desto mehr wurde mir bewußt, daß ich in diesen sieben Jahren nur ein unbeteiligter Zeuge gewesen war, gleichermaßen unfähig, Gefühle zu empfinden und zu wecken, ihre aber trotzdem sträflich leichtsinnig hingenommen hatte. Ja, ich hatte mich schuldig gemacht; ich war schuldig, nichts begriffen, mit der Ausnahme, niemals auch nur das geringste gegen sie unternommen zu haben. Ich redete mir in einem Anflug von frommer Zuneigung ein, daß ich ihr helfen wollte, daß ich sie überallhin mitnehmen würde, selbst zu den Rennen, daß ich sie wieder mit Coriolan versöhnen und ihr Schritt für Schritt beibringen wollte, ihre Überspanntheit mit Humor zu nehmen, ihre Glut mit Ironie zu löschen, bevor sie sich daran verbrannte. Arme Laurence, armes Kind, armes altes Mädchen; und ich wiegte sie in meinen Armen.

Und mein Mitleid für sie befähigte mich, als es schon spät war und sie zum wiederholten Male ihre so wahnwitzige und zugleich so triviale Geschichte erzählte, in der undurchdringlichen Dunkelheit des Zimmers ihr aus Mitgefühl meine Liebe in der einzig mir möglichen Form zu beweisen. Und in der Tat, sie ließ sich davon beruhigen.

Ich hingegen war über mein Temperament und über die Undifferenziertheit meines Körpers erschrocken.

ELFTES KAPITEL

Ich wachte auf, den Kopf auf Laurences Arm gebettet. Sofort bemerkte ich den Duft und die Körnung ihrer Haut, roch ihr Parfum und empfand ein Gefühl von Befriedigung und Ruhe, das sich mit dem Gedanken an die zerknitterten, aber unterschriebenen Schecks in der Tasche meiner am Boden liegenden Hose verzehnfachte. Das innere Gleichgewicht dieser Frau, Coriolans Überleben, meine Unabhängigkeit lagen mir hier auf dem Spannteppich zu Füßen.

Arme Laurence! Auch ihr war Schlaf vergönnt, und wie es schien, war sie den Stacheln und Splittern ihrer Besessenheit weit entrückt. Ich nahm mir vor, in Zukunft alles zu unternehmen, um diese infernalische Leidenschaft auszufüllen oder zu lindern. Um keinen Preis hätte ich etwas Ähnliches erleben und an ihrer Stelle sein mögen. Nach dieser Überlegung begann ich die Gesichtszüge meiner Frau zu erforschen. Ihre Stirn war breit vor lauter Einbildung, ihre Backenknochen vorstehend vor Hochmut, und die Oberlippe ihres Mundes verriet Eigensinn, die

Unterlippe Sinnlichkeit, worin heutzutage die Gespaltenheit vieler moderner Frauen zum Ausdruck kommt. Wenn Laurence sich damit begnügen würde, ihre Lebensgewohnheiten nicht mit moralischen Prinzipien und ihre Launen nicht mit Pflichten zu verwechseln, würde sie sich das Leben ungeheuer erleichtern. Doch vorerst mußte man sie daran hindern, ihre Tyrannei unter dem Vorwand ihrer leidenschaftlichen Liebe weiterhin auszuüben. In moralischer Hinsicht hatte ich genügend Federn gelassen, ihre Machenschaften hatten mich genügend angewidert! Der Gedanke an das Gespött und den Hohn, die mich draußen erwarteten, war mir nicht besonders angenehm. Nein, wir mußten ab sofort gemeinsame Maßnahmen treffen und sogar gewisse «unwiderrufliche Entscheidungen» fällen.

Mit all diesen hübschen Vorsätzen im Kopf zwang ich mich, gutgelaunt aufzustehen und trat entschlossen ans Fenster ihres Zimmers, das nunmehr wieder «unser» Zimmer war, öffnete die Fensterläden und atmete die frische Luft in tiefen Zügen ein. Im frommen Andenken an Laurences Mutter schob ich den Fensterriegel locker über beide Fensterhälften, so daß sie einen Spaltbreit offen blieben und ging zurück zum Bett, um Laurence die Decke über die Schulter hochzuziehen. Sie öffnete die Augen, klappte die Lider ein paarmal auf und zu, erkannte mich und streckte mir ihren Mund zum Küssen entgegen. (Ein unerwünschter anderer in mir stieß einen häßlichen Fluch aus.) Ich drückte ihr rasch einen Kuß auf die Lippen und verschwand in mein Studio.

Dort ließ ich mich auf dieses Notbett fallen, das ich vor zwölf Stunden zu verlassen gedachte, streckte und räkelte mich, zufrieden, wieder allein zu sein. Ich hatte in kürzester Zeit gewisse Gewohnheiten angenommen, die so schnell wieder abzulegen mir einige Mühe bereiten würde. Wohlgemerkt, es war kaum eine Woche her, daß ich mir von ‹Pas un sou› mein Geld geholt hatte. Die Zeit war so schnell vergangen wie der Blitz, ein Blitz, der die Bäume und die Gehirne verwüstet hatte, der in die Kastanien und die Herzen gefahren war. (Von Zeit zu Zeit machte sich diese kleine, schwadronierende Stimme aus gutem Grund bemerkbar.)

Immerhin war es ein Wunder, daß ich heil, frisch und munter und guter Laune über all die Wechselfälle hinweggekommen war; eine amüsierte Betrachtungsweise und zynische Fröhlichkeit, die ich als «postoperatives» Symptom bezeichnen möchte, lösten in meinem Kopf und in den Beinen ein Kribbeln aus, das mich vom Schlafen abhielt. Ich stand wieder auf, ging zu meinem schönen Flügel – die konkreteste und heißeste Spur in dieser verdrehten Woche – und schlug automatisch meinen berühmten Akkord an. Aus ihm leiteten sich nahezu von selbst zwölf weitere Noten ab, die ich einmal, zweimal und ein drittes Mal spielte, und ich versuchte sie in einen harmonischen, rhythmischen und melodischen Sinnzusammenhang zu bringen. Vergeblich. Ich probierte die Phrase in Rock, Pop, Jazz, als Slow und als Walzer aus, ich suchte die dazu passenden Worte auf Französisch, Englisch, Spanisch, ich suchte nach einem Film... Was weiß ich, die Phrase sperrte sich gegen alle mir bekannten Sänger und Orchester, gegen alle Angebote meines Gedächtnisses. Nichts. Also wiederholte ich diese Noten, wie ich sie hörte, schlug sie wieder an und lauschte ihrem Dialog, alle waren an der richtigen Stelle, jede einzelne unverzichtbar, alle fügten sich fließend ineinander; und es entwickelten sich andere aus ihnen, die ebenso schlüssig klangen, bis sie zu einer kompletten Melodie, einer Weise, einem Lied zusammenwuchsen, egal zu was, ich schrieb es sofort in mein Notenheft: Etwas, das musikalisch gesehen schön war, mitreißend und zärtlich, heiter und traurig, eine Musik, die etwas Unwiderstehliches an sich hatte.

Diesmal würde ich jeden umbringen, der es wagen würde, sie mir wegzunehmen, sie gehörte mir allein, ausschließlich mir. Es war «meine» Musik. Jetzt konnte ich diese Schecks zum Fenster hinauswerfen, sie hatten ihre Bedeutung verloren. Der ganze Streit war auf das Ausmaß eines traurigen, aber lehrreichen Scherzes zusammengeschrumpft, der sich zwar dramatisch zugespitzt hatte, weil diese zwölf Noten zu diesem Zeitpunkt noch nicht existiert und mir zu spät eingefallen waren. Es sei denn, sie hingen erst recht mit dieser heißen Geschichte zusammen. Oder vielleicht mit... Ich wußte es wirklich nicht mehr; sie waren einfach da, ich spielte sie ununterbrochen und immer lauter, so daß das ganze Haus hätte davon aufwachen müssen. Aber im Haus rührte sich nichts. Gott sei Dank, denn ich war so außer mir vor Freude, und jede Störung dieses euphorischen Zustands, dieses jubilierenden Furors wäre mir unerträglich gewesen.

Die ganze Melodie entströmte diesem einen Akkord, diesem ominösen und sonderbaren Akkord, den ich seit vier Tagen unablässig wiederholte, ohne mir dessen bewußt zu sein, dieser Akkord, nach dessen Ursprung mich Coriolan gefragt hatte, ohne daß ich ihm darüber hätte Auskunft geben können. Wer hätte je gedacht, daß diese drei Noten eine solche Entwicklung genommen, diese vierzehn oder zwölf verwandten Noten ganz von allein hervorgebracht hätten? Diese lebendige und weiche Musik würde die verschiedenen Einlagen und Tempi moderner Rhythmen genausogut vertragen wie die leise Wehmut eines einsamen Klaviers. Ich skizzierte das Gerüst, reihte die Noten einzeln oder mehrere auf einmal aneinander, fünfzigmal hintereinander, und staunte jedesmal über ihre Zusammengehörigkeit. Ich hatte vor, die einleitende Baßstimme zweimal zu wiederholen, danach Klarinette, Saxophon, Klavier und Gitarre einzusetzen und erst dann die Stimme kommen zu lassen, eine tiefe Stimme mit einem großen Volumen; sie mußte rauh und weltberühmt sein für dieses Lied. Es war eine Musik, die Sehnsucht auslöste, glückliche Sehnsucht. Eigentlich wußte ich nicht, wie es zu einem musikalischen Erfolg kommt, aber eines war mir klar, daß sich die Leute eines Tages daran erinnern würden, daß sie zu dieser Melodie jemanden geliebt, getanzt und dem Himmel dafür gedankt hatten. Ja, das war es, was meine Musik ausdrückte; aber konnte man ein Lied *Glückliche*

Sehnsucht nennen? Darum ging es aber nicht. Entscheidend ist für eine Musik, daß sie Empfindungen weckt, wenn man sich an sie erinnert. Ich freute mich wie wahnsinnig, doch stolz war ich nicht auf mich. Im Gegenteil, ich blieb wieder einmal bescheiden. In einem Anfall von besitzergreifender Panik schrieb ich sie zehn- oder zwölfmal in verschiedene Kladden, die ich in allen vier Ecken meines Studios versteckte.

Und dann, ein letzter Prüfstein, rief ich Coriolan an und führte ihm am Telefon mein neues Baby vor. Ich hörte sozusagen sein Schweigen am anderen Ende der Leitung. Danach sprudelte es aus ihm heraus: Es sei eine vollkommen neue Musik, dessen sei er sich sicher, sie sei herrlich, habe etwas Berauschendes an sich, so etwas habe es bis dahin nicht gegeben, dafür lege er seine Hand ins Feuer und wette eine oder zehn Flaschen Whisky mit mir, sie würde ein Jahrhunderterfolg und so weiter und so fort. Es ging mir runter wie Öl, zumal Coriolan immer lügen konnte, außer wenn es die Musik betraf. Zum erstenmal fühlte ich mich endlich wie ein echter Komponist: *Unterm Regen* war ein Zufallsprodukt gewesen und irgendwo in einem Studio entstanden. In der Originalfassung war es insgesamt vielleicht nur zwei Stunden lang geprobt und gespielt worden, bevor daraus Partituren entstanden und es sich als quasi blinder Passagier in den Film geschmuggelt hatte. Aber bei diesem Lied, bei dieser *Glücklichen Sehnsucht*, da würden sie sich schwertun, sie mir wegzunehmen und etwas anderes daraus zu machen als eine Melodie, bei der man sich kennenlernen, einander gefallen, sich lieben und zärtlich sein konnte, oder aber nur sehnsuchtsvoll war. Und von meinem Werk besessen, wollte ich wie der schlechteste aller Sonntagsmaler mit seinen Bildern, daß meine Musik diese Gefühle nicht nur möglicherweise auslöse, sondern sie erzwinge.

Als ich schließlich realisierte, daß der weiße reglose Fleck an der Türschwelle meines Studios, den ich nur aus meinem äußersten Augenwinkel wahrgenommen hatte, Laurence war, die seit gut zehn Minuten dort stand, wußte ich nicht, ob ich Angst haben sollte, sie könne meinen vor Ekstase ganz blöden Gesichtsausdruck bemerkt haben, oder ob ich darüber selig sein sollte, sie möglicherweise vom Charme meiner Musik so versteinert zu sehen. Ich drehte mich auf meinem Hocker halb um und schaute sie an. In ihrem hauchzarten Morgenmantel, den sie über ihrem weißen Nachthemd trug, bot sie, mit ihren großen Augen in ihrem aschfahlen Gesicht, einen recht romantischen Anblick.

«Wie findest du es?» fragte ich lächelnd. Ich wandte mich wieder meinem Flügel zu und spielte mein Lied als langsame Samba, ein südamerikanischer Rhythmus, von dem ich wußte, daß sie ihn mochte.

«Von wem ist es?» hörte ich sie hinter meinem Rücken fragen, und ohne mich umzudrehen, rief ich ihr zu:

«Rate! Es ist von deinem Lieblingsmusiker, mein Schatz!» Die Stille, die darauf folgte, nahm ich erst nach sechs oder sieben Sekunden wahr, worauf ich mich umdrehte. Ich sah, wie ihre Züge hart wurden und wußte, daß alles aus war, noch bevor sie wie eine Schlange auf mich zukam und grauenerregende Dinge zwischen den Zähnen hervorstieß.

«Das hast du schon gestern abend komponiert, nicht wahr? Hast du deswegen den Mut gehabt zu gehen, weil du genau wußtest, daß dir Geld in Aussicht steht, daß du welches verdienen wirst? Du wolltest gehen, weil du mich jetzt nicht mehr brauchtest, nicht wahr? Aber als du den Scheck vom Gemeinschaftskonto gesehen hast, hast du gezögert und dir gesagt, daß es doch schade drum wäre. Mir war nicht klar, woher du diesen Mut genommen hast. Ich konnte es nicht begreifen...»

Nun war ich an der Reihe aufzustehen, ich stellte mich vor meinen Flügel und sah sie an, fassungslos. Ich war fassungslos, weiter nichts. Das machte sie um so wütender, und sie stürzte sich auf den Flügel, hieb mit den Fäusten darauf ein und versuchte ihn mit den Fingernägeln zu zerkratzen.

«Du bist dir wohl ganz besonders schlau vorgekommen, nicht wahr? Gut, dann werde ich dir mal was sagen: Wenn es mit dieser verdammten Musik klappt, dann freu dich! Weil ich diesen Scheck, du weißt doch, diesen Scheck von gestern abend, sperren lassen werde, mein armer Freund! Bei einem Gemeinschaftskonto wird eine Sperre ernstgenommen, das kannst du mir glauben. Du hast dir wohl gedacht, daß dir eine Million Dollar eine Nacht schon wert sei! Du hast dich für besonders schlau gehalten!

Und ich war für dich eine Idiotin, eine verdammte Närrin!»

Sie schrie immer lauter. «Eine Idiotin, eine Idiotin!» Sie brüllte, halbnackt, vollkommen außer sich und häßlich. Weil ich sie nicht mehr sehen mochte, rannte ich in den Flur. Diesmal floh ich weder vor ihrer Gehäßigkeit noch vor ihrer Dummheit und auch nicht vor ihrer Härte, es war nichts mehr Abstraktes, wovor ich flüchtete, sondern nur noch diese keifende und tobende Frau, die mich nicht liebte und viel zu laut schrie. Ich raffte meine Koffer zusammen, warf sie hinten ins Auto und fuhr einfach los. Zehn Minuten später passierte ich bereits die Porte d'Orléans.

Auf dem Land war es schön und grün wie auf einem echten Pissarro, und durch die offenen Fenster atmete ich den Geruch von nasser Erde im Oktober. Ich hatte ungefähr 5000 Francs bei mir und nahm mir vor, sparsam damit umzugehen und so lange wie möglich quer durchs Land zu fahren. Wenn das Geld aufgebraucht wäre, würde ich nach Paris zurückkehren, zu Coriolan. Vorerst aber brauchte ich Luft.

Gegen zehn Uhr morgens trat die Sonne hinter den Wolken hervor, und ich überlegte mir für den Fall, daß mein neues Lied ein Erfolg und ich wieder reich würde, ein Cabriolet zu kaufen. Um elf Uhr war ich in der Gegend von Sens, und das Jazzkonzert, das ich bis dahin gehört hatte, war zu Ende. Ich hatte Lust, meine neue Melodie zu pfeifen, konnte mich aber nicht mehr an sie erinnern. Nachdem ich mich eine Weile umsonst bemüht hatte, rief ich Coriolan an, der aber ausgegangen war. Doch endlich kamen mir die zehn Abschriften in den Sinn, die ich in meinem Studio versteckt hatte, und so beschloß ich, Odile, die eine Ahnung vom Notenlesen hatte, anzurufen und sie zu bitten, mir die Melodie heimlich am Telefon vorzusummen. Es dauerte lange, bis sie abhob, und auch ich brauchte lange, bis ich aus ihrem Schluchzen begriff, daß sich Laurence nach meinem Weggang aus dem Fenster gestürzt hatte und tot war. Sie hatte sich noch die Mühe gemacht, vor dem Sprung einen etwas schicklicheren Morgenmantel anzuziehen.

Die Autos rasten auf der Autobahn an mir vorbei. Bei der nächsten Gelegenheit nahm ich den Weg zurück nach Paris. Auf halber Strecke fiel mir meine Musik wieder ein. Und bis zum Boulevard Raspail summte ich sie zwischen den Zähnen eigensinnig vor mich hin.

Léo Malet

Nestor Burma, Chef einer kleinen Privatdetektei, hat schlechte Angewohnheiten: immer tauchen in seiner Umgebung Leichen auf, er hat nie Geld und liebt die Frauen. Jeder seiner Fälle spielt in einem anderen Arrondissement von Paris. So folgt man als Leser Nestor Burma buchstäblich durch das Paris der fünfziger Jahre.
Léo Malet, geboren 1909 in Montpellier, riß mit sechzehn Jahren nach Paris aus, schloß sich den Surrealisten an und schlug sich als Chansonnier auf dem Montmartre durch. Mit André Breton verband ihn eine lebenslange Freundschaft, ebenso zu Salvador Dalí und René Magritte. Für seine legendären Kriminalromane erhielt Léo Malet mehrere hohe Auszeichnungen. Er lebt heute in Paris.

Bilder bluten nicht *Krimi aus Paris 1. Arrondissement*
(rororo 12592)
Mord in den Markthallen und Diebstahl im Louvre.

Stoff für viele Leichen *Krimi aus Paris. 2. Arrondissement*
(rororo 12593)
Vierzehn Leichen säumen Nestor Burmas Weg.

Marais-Fieber *Krimi aus Paris. 3. Arrondissement*
(rororo 12684)
Ein Pfandleiher ist in mysteriöse Morde verwickelt.

Spur ins Ghetto *Krimi aus Paris. 4. Arrondissement*
(rororo 12685)
Nach der Party liegt ein Mädchen auf dem Sofa, erstochen mit einem SS-Dolch.

rororo Unterhaltung

Bambule am Boul'Mich' *Krimi aus Paris. 5. Arrondissement*
(rororo 12769)
Liebe, Erpressung und Okkultismus.

Die Nächte von St. Germain *Krimi aus Paris. 6..Arrondissement*
(rororo 12770)
Nestor Burma trifft auf Dichter mit seltsamen Ideen.

Corrida auf den Champs-Élysées *Krimi aus Paris. 8. Arrondissement*
(rororo 12436)
Nestor Burma als Leibwächter einer Film-Diva.

Streß um Strapse *Krimi aus Paris. 9. Arrondissement*
(rororo 12435)
Nestor Burma auf der Spur nach den Kronjuwelen des Zaren.

Wie steht mir Tod? *Krimi aus Paris. 10. Arrondissement*
(rororo 12891)
Ein Schlagerstar fürchtet um Karriere und Leben. Erfolgreich verfilmt mit Jane Birkin und Michel Serrault.

3251/1

Brigitte Schwaiger

Brigitte Schwaigers Erstlingsroman *Wie kommt das Salz ins Meer* wurde ein literarischer Bestseller. «Wahrscheinlich liegt in ihrer erstaunlichen Fähigkeit, Charaktere und Konflikte vom Sprachlichen her zu erfassen und zu präzisieren, Brigitte Schwaigers spezifische Stärke.» Friedrich Torberg, «Süddeutsche Zeitung»
Brigitte Schwaiger, 1949 in Österreich geboren, unterrichtete Deutsch und Englisch in Spanien, malte und begann schließlich zu schreiben. Sie lebt heute in Wien.

Der Himmel ist süß *Eine Beichte*
(rororo 5749)
«Vormittags ein Klosterkind, nachmittags ein Gassenkind... Aus kindlicher Perspektive, von der Autorin streng, manchmal maliziös kontrastierend geordnet, erzählt das Mädchen Gitti von Lust und Last einer katholischen Kindheit.» Deutsches Allgemeines Sonntagsblatt

Liebesversuche *Erzählungen*
(rororo 12783)
Hier träumen Menschen von Liebe und Versöhnung, erleben Unterwerfung und Unterdrückung, und die Hoffnung bleibt ein Rätsel. «Meisterlich erzählt...» Die Welt

Mein spanisches Dorf
(rororo 4657)
Brigitte Schwaiger erzählt aus der Perspektive des Kindes von der engen und bedrohlichen Welt einer oberösterreichischen Kleinstadt.

rororo Literatur

Wie kommt das Salz ins Meer
(rororo 4324)
Verträumt und hellwach, humorvoll und verzweifelt erzählt eine junge Frau das Scheitern ihrer Ehe.

Brigitte Schwaiger / Eva Deutsch
Die Galizianerin
(rororo 5461)
«Ein faszinierendes Leseabenteuer... Ein Stück verzweifelten, prallen Lebens, ein Monolog, dessen Sprachkraft, Humor und Poesie bis zuletzt in Atem halten.» Brigitte

Brigitte Schwaiger / Arnulf Rainer
Malstunde
(rororo 5361)
Diese «gesammelten, gemalten Dialoge» entwerfen nicht nur ein Porträt des bekanntesten österreichischen Künstlers, sondern sind auch ein unkonventioneller Versuch, den Leser in die Geheimnisse der modernen Kunst einzuweihen.

Frauen

Marilyn French
Frauen *Roman*
(rororo 4954)
«Es ist viel über Frauen und Frauenbewegungen geschrieben worden, aber kein Buch läßt die Lebens-, Erfahrungs- und Empfindungswelt von Frauen so sinnlich nachvollziehen, macht in diesem Nachvollzug so betroffen.» Westermanns Monatshefte

Marilyn French
Das blutende Herz *Roman*
(rororo 5279)
Im Zug von London nach Oxford begegnen sich Dolores und Victor. Beide sind Amerikaner, verheiratet, haben Kinder. Sie verlieben sich heftig ineinander, und ebenso heftig sind die Auseinandersetzungen, die Machtkämpfe, die sie austragen.

Rita Mae Brown
Rubinroter Dschungel *Roman*
(rororo 12158)
«Der anfeuerndste Roman, der bislang aus der Frauenbewegung gekommen ist.» New York Times

Elfriede Jelinek
Die Klavierspielerin *Roman*
(rororo 5812)
Die Klavierlehrerin Erika Kohut, von ihrer Mutter zur Pianistin gedrillt, erfährt, als einer ihrer Schüler mit ihr ein Liebesverhältnis anstrebt, daß sie nur noch im Leiden und in der Bestrafung Lust empfindet.
«Eine literarische Glanzleistung.» Süddeutsche Zeitung

rororo Literatur

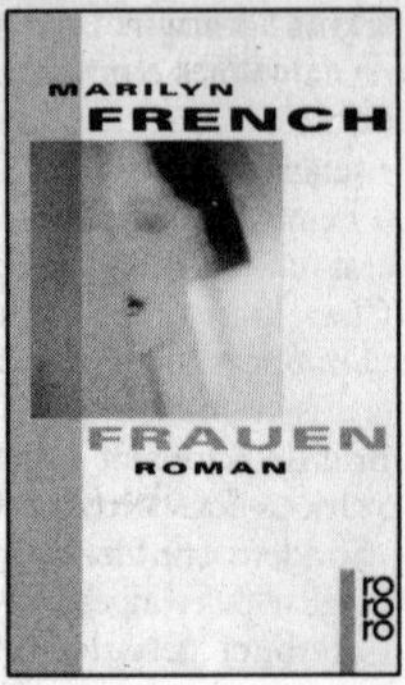

Svende Merian
Der Tod des Märchenprinzen
Frauenroman
(rororo 5149)
«Vorwort an Männer
Ich möchte nicht, daß ein Mann dieses Buch aus der Hand legt und sagt: ‹Ja, ja, der Arne. Das ist vielleicht ein Chauvi!› Arbe ist ein ganz normaler Mann. Ein Mann wie du.»

Wo die Nacht den Tag umarmt
Erotische Phantasien und Geschichten von Frauen herausgegeben von Gudula Lorez
(rororo 5113)
«Das netteste Geschenk, das Frauen sich machen sollten...» Sonia Seymour in «Sounds»

3291/1

Horizonte

Bruce Chatwin
In Patagonien *Reis in in ein fernes Land*
(rororo 12836)
Bruce Chatwin hat auf einer langen Reise dieses malerisch schöne, wilde Land am Ende der Welt erkundet.

Jimmy Burns
Jenseits des silbernen Flusses
Begegnungen in Südamerika
(rororo12643)
Fünf Jahre lang lebte Jimmy Burns in Buenos Aires und bereiste Argentinien, Brasilien, Peru, Ecuador, Bolivien und Chile.
Burns war 1988 Preisträger des Somerset Maugham-Award.

Eddy L. Harris
Mississippi Solo *Mit dem Kanu von Minnesota nach New Orleans*
(rororo 12646)

John Krich
Wo, bitte, liegt Nirwana? *Eine Reise durch Asien*
(rororo 12642)

John David Morley
Grammatik des Lächelns
Japanische Innenansichten
(rororo 12641)
Japan, das ist der Riß zwischen zwei Kulturen, die das Leben widersprüchlich und faszinierend zugleich durchdringen.

Charles Nicholl
Treffpunkt Café «Fruchtpalast»
Erlebnisse in Kolumbien
(rororo 1282)
«Eines der spannendsten Reisebücher überhaupt – und brillant geschrieben!» New York Times

Stuart Stevens
Spuren im heißen Sand
Abenteuer in Afrika
(rororo 12647)

Theodore Zeldin
«Ich liebe das Leben, und das Leben liebt mich» *Was es heißt, Franzose zu sein*
(rororo 12644)
Mit Geist und Witz zeigt der international bekannte Historiker das bunte Spektrum des französischen Lebens.

rororo Unterhaltung

3283/1

Lesebücher

Bücher für jeden Geschmack und viele Gelegenheiten. Zum Geburtstag oder als kleine Aufmerksamkeit zwischendurch. Für Urlaub, Freizeit und lange Lese–Nächte.

Lesebuch der Freunschaft
(rororo 13100)
«Ein Freund ist ein Mensch, vor dem man laut denken kann.»
R. W. Emerson

Lesebuch der Liebe
(rororo 13102)
In diesem Band spiegeln sich die vielen Facetten der Liebe wider – vom ersten spielerischen Verliebtsein bis zu den Herausforderungen der großen Liebe.

Lesebuch des schönen Schauders
(rororo 43050)

Lesebuch «Gute Besserung!»
(rororo 13103)

Lesebuch Perlen der Lust
(rotfuchs 13104)

Lesebuch für Katzenfreunde
(rororo 13101)
Nicht nur humorvolle oder spannende Geschichten von Katzen–Freunden für Katzenfreunde, in denen die Spezies Mensch nicht selten entlarvt wird.

Thriller Lesebuch
(rororo43051)

Lesebuch der «Neuen Frau»
Araberinnen über sich selbst
(rororo 13106)

Rotfuchs–Lesebuch Kinder, Kater & Co.
(rororo 20642)

rororo Unterhaltung

Schmunzel Lesebuch
(rororo 13105)
In sieben Kapiteln werden hier Texte von mehr als 35 berühmten Autoren präsentiert – von «Klassikern» wie Kurt Tucholsky, James Thurber, Karel Capek, Alfred Polgar und Frank Wedekind ebenso wie von modernen Autoren à la Robert Gernhardt, Richard Rogler, James Herriot und Wolfgang Körner.

3411/1